# 背の山

## 日本の防衛――叔父と甥の絆

水無瀬 了
MINASE Ryo

文芸社

# 目次

# 背の山

## 日本の防衛——叔父と甥の絆

# あらすじ

全国中学剣道大会二連覇の中村進《なかむらすすむ》は自身の進路に悩んでいた。海軍兵学校や陸軍士官学校への進学は両親に認められていない。さりとて国家のために尽くしたい自己の信念は曲げたくはない。そんな進を救ったのは友の助言だった。それに従い両親を説得した進は陸軍経理学校に進む。

進の叔父の克也《かちや》は故郷和歌山県の粉河《こかわ》で農作業に従事していたが、軍に召集され満州野戦砲部隊に配属される。のちに戦車第二師団の砲手となり、激戦地のフィリピンに転戦。陸軍経理学校を卒業し、主計少尉に任官した進は、戦時下の特例により主計大尉となり、フィリピンに着任。戦地において克也と再会する。

昭和二十年、マッカーサー率いる米軍は、大挙フィリピン西岸リンガエン湾への上陸を開始。それを迎え撃つ日本軍。戦車第二師団きっての砲撃名手の克也と主計大尉として奮闘する進。迫りくる米軍との死闘が始まる。

（注）文中、「粉河《こかわ》」とあるのは、正しくは「川原村《かわはら》」のことであるが、この小説では「粉河」とした。和歌山から粉河に行くには粉河駅で降りるが、川原村だと名手《なて》駅で降りることになる。

# 序章

沛然《はいぜん》とも篠《しの》突くとも形容される雨が日本にはあるが、ここではそのような雨が止むことなく一月《ひとつき》も二月《ふたつき》も降り続く。谷筋はたちまち川となり、平地は広大な湖へと変わっていく。車軸を流すと言う大雨もあるが、それでも足りない。部隊に車輌があったとすれば、その車体はすでに泥濘《でいねい》に埋まっていただろう。砲身が浸かるとでも言えば、それがぴったり当てはまるだろうが、その砲もすでに一門もなかった。

中村進主計大尉は、部隊を移動させることもままならず逼塞《ひっそく》させたままだった。武器も弾薬も食糧も医薬品もない。制空権も制海権もない。補給は望むべくもなかった。

降伏はもとより玉砕も自決も許されていない。持久抗戦。自活自戦。自隊の力で生命を維持しつつひたすら戦い抜く。昼間はジャングルに身を潜め、夜陰に乗じて敵陣を襲撃する。

しかし敵は米軍だけではなかった。マラリア、赤痢、飢餓、ゲリラ、そして虚偽情報。部隊は十名をわずかに上回る程度だった。つい今し方まで言葉を交わしていた者が、次の瞬間にはそのままの姿勢で死んでいる。人としての限界があるとすれば、部隊員はすでに人と呼べる状態ではなかった。枯れ木のように痩せさらばえた体。別の生き物のように飛び出した眼球。それでもまだ生存を示すように時折ぴくぴく動く耳。それはまるで幽鬼としか言いようがなかった。その幽鬼がこの世に留まっている理由は何か。

敵を日本本土に近づけない。部隊の存在と戦闘能力を顕示する。部隊が滅亡するか戦闘能力がないと判断された場合は、米軍はフィリピンを通り越し本土に進撃を開始する。戦闘能力を示し、マッカーサーをルソン島に釘付けにする。その思いだけが骨と皮だけの幽鬼の魂を持ち堪えさせていた。

しかし、どの部隊も知らなかった事実がある。日本全土がすでに焦土と化していたことを。そして、終戦すら迎えていたことを。

一隻の船舶も一機の航空機もなく、もちろん通信機もない。ルソン島北部の山岳地帯に小部隊ごとに分散した落武者部隊が戦争末期の戦況など知る由もない。知り得たのは、今日口に入れた物はあったたか、まだ生きているかということだけだった。

それでも部隊間の連絡は怠っていなかった。その日の人員、行動、戦果などは佐官以上のいる部隊に必ず報告していた。もはや軍隊と呼べるような機能のほとんどは失っていたが、それでも命令系統は生きていた。

中村進主計大尉が受けたその日の命令は食糧確保だった。食糧確保は主計の大切な任務の一つであった。主計大尉は豪雨の夜陰、漆黒の闇の中、作戦行動を開始しようとした。陣地保守のための人数を残し作戦人員を選出した。武器は護身用の銃とナイフのみだった。

昼間は部隊の行動はできない。米軍の哨戒《しょうかい》監視が徹底されている。その網に掛かろうものなら、その付近一帯が焦土と化すほどの爆撃を受ける。部隊活動は夜間に限られていた。しかし、夜は逆に抗日ゲリラ活動が活発となる。ゲリラには専門的な戦闘訓練を積んだ組織もあったが、大半は普通の民間人だった。昼間は普段通りの生活をしている民間人が、夜間にゲリラとなって活動する。日本軍にとってこれほど厄介な存在はなかった。

食糧を調達するには民間人との交渉が欠かせない。皇軍が略奪や強奪をするわけにはいかない。民間人と交渉して譲り受けるわけだが、その民間人がゲリラやスパイであったとすれば、全ての情報は米軍に筒抜けとなり、味方の命の保証はなくなる。食糧調達は普通の戦闘行動よりも極めて難しい作戦だった。

「おい。軍票はあとどれくらいある」

「あと十束であります」

中村進主計大尉が聞いた軍票とは民間で言う伝票のことである。糧米《りょうまい》の受領の証に渡し、支払いは後日一括払いだった。

「十束か。まだ二、三か月は大丈夫そうだな」

「はい。今日はどの村にしますか」

「そうだな。同じ村ばかりでは不味《まず》いだろうが、今回もアキヤマにしよう。アキヤマならまだ余裕があるだろう」

「アキヤマ」とはフィリピン北部イサベル州の村を指しているのだが、それは実際の地名ではない。部隊員たちが親しみを込めて命名した日本式の呼び名だった。「アキヤマ」以外に「ハルヤマ」「ナツヤマ」「フユヤマ」があった。その中で「アキヤマ」は一番収穫量の多い大きな村だった。部隊が糧米を買い上げても村民にそれほど苦難は与えないとの判断が中村進主計大尉にはあった。

日本軍はインドシナ方面では解放軍として歓迎されたが、フィリピンでは侵略軍扱いだった。米軍が敷設した諜報《ちょうほう》網が大量の抗日ゲリラを生んだ。大戦末期にはフィリピン人の全てがゲリラかスパイと言っても過言ではなかったかもしれない。

「隊長。アキヤマは危険かと思いますが」

「分かっている。それでも行くしかない」

「それ以外の村ではどうでしょうか」

「アキヤマ以外はどこも苦しい状態だ」

「同じ所に続けて行くのは危険です」

「危険は承知だ。しかしこれは任務だ」

食糧がなければ餓死するのみ。医薬品がなく病死する者も絶えない。傷痕が腐り蛆《うじ》を涌かせた者もいる。設営地周りの木の皮や草の根も食べ尽くした。動くモノが目に留まれば思わず口に入れようとする。部隊の仲間を夕ベモノと見る幻覚者が出たとしても不思議ではなかった。自決も含めて死ぬことは許されていない。生きて戦い抜くための食糧調達は主計にとって至上命題だった。

中村進主計大尉が作戦を実施したのは、昭和二十年八月三十一日。戦争終結からすでに二週間以上経過していた。

# 一章

　ガタンと大きな音を立てて汽車が止まった。プシューッと蒸気を吐き出す。ドアが開いた。ここで間違いないと自分に言い聞かせ、進は飛び降りた。真っ直ぐに改札に向かう。乗降客はほとんどいない。真夏の陽が顔を刺した。真っ黒な煙が汽車の煙突から駅構内に流れ込んできていた。

　和歌山駅を出てから数えて十一番目の駅で降りるように言い聞かされていた。ここがちょうど十一番目。「なて」と書かれていた。進は和歌山の本町小学校二年生である。利発で理知的な顔つきの子供だった。駅を出てからの地図を持たされているが、商店街を真っ直ぐ北に進み、左手の川を渡ればすぐに目に入る大きな家だと聞かされてもいたので、それはすぐに分かった。

　家の前の道で少年二人が布を丸めたものを投げ合っていた。二人ともすっきりとした整った顔つきの少年だった。しばらく投げ合うと一方が剣道の蹲踞《そんきょ》のような格好で座り、もう一方が慎重な動作で投げ込むようになった。

「おっ、ええなあ」

「ちょっと高かったんとちゃうか」

「もうちょい抑えてみるかあ」

「よおーし。いくぞおー」

投げる方はまた慎重に投げ込んでいった。

「おっ、ええなあ。これやったら克也に俺のあと任せれるわ」

「まだまだ理一郎《りいちろう》兄さんにはかなわんで」

二人は笑いながら続けていた。

仲のいい兄弟やなあと思って進は二人を見ていた。進にも弟はいる。その弟はこの九月で三歳。毎日、進のあとを慕い歩いている。

自分たちのことをいつまでも見ている進に克也が声をかけた。

「一緒にやるかえ」

何と答えていいか分からず克也を見た進に理一郎も声をかけた。

「こえで克也のボール打ってんよ」

進は理一郎に渡された棒を手に取った。剣道の竹刀より少し短い。竹刀を持つ要領で棒を手にした進に理一郎は言った。

「ちゃうちゃう。バットはこう持つんや」

そして、一、二度振って見せてから進にもう一度棒を渡した。

「よし行こ。克也、さあ来い」

「おっしゃあー。三振にしちゃるわ」

克也は両腕を大きく振りかぶって投げ降ろした。進は教えられたとおり棒を振ったが当たらなかった。大きく空を切っていた。

「ええ振りやんかあ。も一球いこ」

克也が振りかぶった。二球目がくる。進は思いっ切り振った。ブシュッとかすかな音を残しボールは理一郎の手の中にあった。

「かすったわ！」

克也が驚いたように言ったが、理一郎は進が棒を短めに持ち替えていることに気づいていた。

「克也、最後の一球！」

「よおーし。これで三振や」

進は少し構えを変えた。理一郎に教えられたよりは心持ち腕を下げた格好だった。克也が三球目を投げた。克也はコントロールがいい。三球ともほぼ同じコースの直球だった。

進が棒を思いっ切り振った。

ボコッ。当たった。布のボールはボテボテと転がって克也の足元で止まった。克也がそのボールを拾い上げ、振り返って別方向に投げる真似をした。

「一塁アウト！」

自分でそう言ってから進を見てにっこり笑った。

「俺のボール打ったなあ。すごいやんかあ。お前、どこの誰よ？」

「あいさつがおくれました。中村進です」

「進？　お前が進か。はよ言えよう」

そう言った理一郎はすぐさま家に飛び込んでいった。ほどなく理一郎に促されながら小柄な婦人が現れた。

「進かえ？　遠いとこ一人でよう来たなあ。暑かったやろ。さあ入り」

「おばあちゃん?」

「そうやで。さあ」

進におばあちゃんと呼ばれた婦人は笑顔を見せながら進の背に手をやって玄関に招じ入れた。理一郎と克也もそれに続いた。

玄関の三和土《たたき》で履き物を脱いだ。畳二間の座敷を横目に廊下を進み、さらに奥まった一間《ひとま》に祖母の亀菊《かめぎく》は進を導いた。そこに眠っている年寄りが一人いた。

「おじいさん。進ですよ。進が来てくれましたよ。聞こえますか?」

年寄りは微かに目を開いた。

「おじいさん。進ですよ。さあ、進。おじいさんに挨拶しなさい」

「進です。父に言われたものをおとどけにまいりました」

祖父の富三郎《とみさぶろう》が進の方に顔を向けると、進は兵隊のように挙手の礼をしていた。それを見た富三郎は横になったまま孫に笑顔を見せ挙手の礼を返した。

「遠路ご苦労。任務は無事果たせたか?」

「はい。ここにあります」

進は手を降ろし上着を脱いだ。進のお腹にはサラシがぐるぐる巻きにされていた。理一郎と克也が驚いた目で顔を見合わせた。亀菊がサラシを解くのを手伝った。十数回巻かれていたサラシが解かれると、小袋が幾つも畳に落ちた。進はその小袋を拾い集め両手で祖父に差し出した。そして、小さな兵隊はまた挙手の礼をした。

「にんむかんりょうであります」

富三郎は今度は挙手をせず、黙って頷く素振りを見せ小袋を受け取った。

「大変やったなあ。雄一《ゆういち》に申し訳ない」

亀菊が代わりに礼を言った。進は背筋を伸ばし「いいえ」と言った後は、子どもらしい笑顔に変わっていた。理一郎と克也は怪訝そうな顔つきで両親と進を凝視している。理一郎と克也にしてみると甥の進が来るとは聞かされていたが、その甥と両親、いや長兄の雄一と両親との間にこのような「作戦」があったことなど聞かされてはいなかった。

「敵を欺くにはまず味方からやさかえな」

お昼の用意を終え、食卓に着いてから亀菊はおもむろにそう言った。小袋の中身は札束だった。鞄や財布だとかっぱらいやスリに遭えば終わりだ。そこで両親と雄一は進のお腹に小袋入りの札束をサラシで巻きつける「作戦」を考えたのだ。

富三郎は日露戦役で武勲を立てた英雄だったが、退役後、蚕の事業に失敗し多額の負債を抱えた。百姓仕事ではそれを返せないと判断した雄一は、妻のチカノと家を出て和歌山で事業を開始した。そしてお盆と年末に進に返済金を運ばせることにしたのだった。

「こんな子どものお腹に大金があるやて、かっぱらいもスリも思わんやろさかえな」

亀菊はそう言って進を見て笑った。

「来るっちゅうことは聞いてたけど、今日やと思わんかったなあ」

「ほんまや。連絡くれたら駅まで迎えに行っちゃったのに」

理一郎と克也が進に言った。

「ありがとうございます。でも、あちらにはあちらのつごうがあるからと父が言いましたので」

きちんと正座をし、背筋を真っ直ぐ伸ばして食事をしながら進が答えた。そんな進に理一郎が優しそうな笑顔で言った。

「進。そんなに行儀良うせんでもええで。ほんま言うたらここはお前の家なんやから」

「進は賢いんやから無理言うたらあかん」

亀菊が笑いながら理一郎に言った。

「そやな。そやけど進は賢いだけちゃうで。野球もできそやで」

「俺のボール打ち返したもんなあ」

「お前らなあ。お腹に大金抱えてる子に何やらしてるんや。母さんびっくりしたで」

食卓には笑い声が絶えなかった。いい家やなと進は思った。和歌山の進の家では進は長男という立場にあった。進の下には二人の妹。次男は今年三歳。両親は事業の切り盛りに精一杯だったから進が妹弟の面倒を見ていた。こちらの家では進は一番年下ということになる。叔父の克也は三つ年上の小学校五年生。理一郎は六つ年上だった。叔父と甥の年齢が近いがそれだけ父である雄一と叔父たちとの年齢差があるということだ。理一郎の上には姉が一人。その上に雄一を含めて兄が四人いるらしい。兄たちはそれぞれ独立しているとのことだった。

「進。せっかく来たんやから今夜は泊まっていき。和歌山には連絡しといたるで」

亀菊がそう言うと、

「そうや。そうや。泊まっていけよ」

「一緒に遊ぼら。進も夏季休暇なんやろわ。三人で野球やろら」

理一郎と克也も口を揃えて言った。

その夜は三人でお風呂に入り、三人で同じ蚊帳の中で寝た。叔父と甥というよりは、三兄弟の末っ子になったような気がした。

朝は早く起きた。裏庭の井戸の手押しポンプを理一郎に押してもらい顔を洗った。井戸の水は冷たくとても気持ちがよかった。裏庭には馬小屋があり、裏庭の北は水田。水田のはるか向こうには山が連なっている。その山は和歌山から続いているとのことだったが、和歌山の山よりも高かった。周りに家が少ないせいか和歌山よりも広々とした感じがした。

進は和歌山城からの眺めと比べてみた。和歌の浦と紀ノ川平野が一望できる天守閣からの眺めは最高だと思っていたが、ここの眺めもそれに劣らなかった。こんな素晴らしい景色の中で暮らしているから、この家の人はこんなに優しくなれるんやろな、と進は理一郎と克也を見ながら思った。

太陽が昇ってきた。そちらに目を向けるとラクダの二こぶのような山が目に入った。

「あの山なんて言うん？」

「背の山や」

一晩一緒にいて進も叔父二人に随分うち解けてきた。それをうれしく思う二人だった。

「せの山？」

「うん。なんでそう言われてるんか知らんけどな」

「ふうーん。でもなんかあの山ええなあ。小さいけど強そうや。北と南の大きな山のまん中で、なんか言い聞かせてるみたいや」

そんなことを言う小学校二年生に理一郎と克也は驚きの目を向けていた。そして大きな声で二人一緒に笑った。それにつられて進も笑っていた。三人は野球をやって遊び、お昼を食べたあと叔父二人に駅まで送られて進は和歌山に帰っていった。その後も年に二回、進は大金を粉河に運んだ。それは進の小学校卒業の年まで続いた。しかし中学校進学以降、進が粉河に来ることはなかった。負債の返済を見届けた富三郎は静かに旅立った。

# 二章

進は本町小学校から和歌山中学校に進んだ。和歌山中学校は県下一の秀才校として知られていた。進の成績はその中でも群を抜いていたが、そんな進に大きな悩みがあった。

家は和歌山城の北側にあり、中学校は南側にあった。ちょうど和歌山城を間に挟んだ格好だった。いつも大手門から城内に入り城内を突っ切ったあと追廻《おいまわし》門から南側に出て学校に向かっていた。帰りはその逆となるが、たまさか心が晴れないときなどは天守閣に登ることを常としていた。

天守閣からの眺めは何物にも代えられない素晴らしいものだ。粉河の実家から見た景色も素晴らしかったが、やはりここが一番だと思っていた。特に西の眺めが気に入っている。片男波《かたおなみ》から雑賀崎《さいかざき》。大きく広がる和歌の浦。紀伊水道。遠くは四国から淡路島まで一望の下に見渡すことができる。夕陽の沈む時間帯など、この世の浄土かと思われた。天守閣を時計回りに回ると、北に和泉山脈と紀ノ川の流れ。そのまま東に目を向けると紀ノ川平野全景が飛び込んでくる。

進がその山に気づいたのは、初めて粉河の実家に行ってからすぐのことだった。ここからも見える。進は驚いた。あんな小さな山がこんな遠くからもしっかり見えている。小さな小さなまさに点のようだが、それはまぎれもなく克也が教えてくれた背の山だった。北と南の山脈の狭間にあって、それらに動ずることなく毅然としている。小さいけれどやはりすごい山だとそのときも感動した。

進が天守閣に登るときはまず海を眺め、そのあと背の山を見ることにしていた。進はこの景色とともに成長した。景色が進を育てた。しかし、中学校進学とともに、その景色が進を悩ませることになってきた。西に広がる和歌の浦の美しさ。目を転ずれば東に座する背の山の凛々しさ。それらが進を苦しめた。

「進。元気ないやんか。どうしたんな。今日の試験できやんかったんか？」

「あほか。進にできやんもんらないわ」

「そやなあ。そらそや。そんならなんなあ。もしかして片思いでもしてるんかあ？」

「そえもあほかや。進にそんな悩みらあるかあよ。進はモテモテやんか」

「そやなあ。進は男前やし、賢いし、強いし、優しいし。言うことなしやもんなあ」
「女学校の子ら、いっつも進ばっかり見てるさかえなあ」
「ハハハ。そやそや。俺のこと見てるんちゃうかって思てたら、視線の先はいっつも進ばっかしやさかえな」
好き勝手なことを言いながら進の周りにいる仲間は進のことが大好きだった。進は人望があった。その仲間たちにも分からない進の悩みとは一体何だったのか。
眼下の紀伊水道はたくさんの船舶の重要な航路となっている。商船や漁船に混じって、ひときわ存在感を見せているのが軍艦だった。和歌山港は日本海軍の重要な軍港の一つだった。進の小学生から中学生にかけての間、日本や日本を取り巻く世界の情勢は目まぐるしい動きを見せていた。
小学四年　　満州事変勃発（一九三一）
小学五年　　五・一五事件（一九三二）
小学六年　　国際連盟脱退（一九三三）
中学一年　　軍縮条約破棄（一九三四）
中学二年　　二・二六事件（一九三六）

中学三年　　日中戦争勃発（一九三七）

中学四年　　国家総動員法（一九三八）

進は日本が好きだった。日本の文化も歴史も伝統も気候も風土も、そして日本人も好きだった。その日本人の一人として日本のために自分に何ができるか。中学五年になった進の悩みは自己の進路についてだった。

この美しい日本の役に立ちたい。それを思うとき進はいつも背の山を思い浮かべた。小さいながらも毅然として二つの大きな山脈の狭間で存在感を発揮している。その姿はまさに今の日本の姿と酷似していた。日本は国土が小さい。資源も少ない。大陸国家と海洋国家に挟まれている。しかしその中で毅然とした態度で国際社会に伍している。そんな日本の役に立つ生き方がしたい。しかし長男である進の希望と両親の意見は一致していたわけではなかった。それが進の悩みだった。

「俺は和歌山に出て、兄らみたいに何ど事業でも始めるわ」

理一郎はそんなことを言っていた。

「克也さんはどうするん？」

「俺か。俺はここがええ。俺はここが好きや。ここで母さんと田んぼや畑するわ」

克也は目を細めて遠くを見ながら涼しそうな笑顔でそう言っていた。

「でっ、誰を嫁にもらうんや？　お前、もてるさかえなあ」

そう言って理一郎が克也を冷やかしていた。相変わらず仲のいい二人だった。

進は軍艦が好きだった。和歌山港に入港してくる軍艦を見るたび、将来それに乗ってい
る自分の姿を想像した。それは進の周りの大方の少年の希望と同じだった。それには海軍
兵学校に進学すればいいのだが――、

「船は沈んだら終わりやからあかん」

チカノは絶対に認めなかった。

「お前は嫡男やからな」

と、雄一も首を縦に振らなかった。

海軍が駄目なら陸軍。陸軍なら士官学校。

「中国と戦争してるさかえ士官学校出たらすぐ前線の指揮官になるやろ。撃たれに行くよ
なもんや」

そう言ってチカノはそれも反対した。雄一はそれには同調しなかったが黙して語らず、
首をどちらにも振らなかった。進は両親の反対を振り切ってまで自分の希望をごり押しす

るような少年ではなかった。しかし、自分の信念も曲げたくはない。美しい和歌浦に浮かぶ軍艦と背の山の雄姿が進を苦しめていた。

「進。悩みあるんやったら聞いちゃるで」

「あほ。お前に進の悩み解決できるわけないやないか。偉そに言うな」

いつも行動を共にしている剣道部の友人は進も心を許せるメンバーだった。進は二人に心の内を話した。

「そうかあ。そんなこと考えてたんかあ」

「俺らも進路考える時期やしなあ」

「忠ならんと欲すれば孝ならず。孝ならんと欲すれば忠ならずってとこやな」

「おお。たまにはええこと言うやんか」

「あほ。ちゃかすな。俺は真剣に進のこと考えてるんや」

「そやな。どなえしたらええんやろな」

三人寄れば文殊の知恵というが、妙案は出てこなかった。

桜の木からは蝉の大合唱。ときおり広場を駆け抜ける熱い風。桜の枯れ枝がポトリと落ちた。友人の一人が立ち上がり、その枝を拾い上げてビュッと振り下ろした。それを見たもう一人が大きな声で叫んだ。

「それや。それがあるやないか。俺らには剣道がある。それでいったらええんや」

「何や。何がどうしたんや」

「まあ聞け。ええか。剣道には個人戦と団体戦がある。個人戦で考えてるさかえ答えが見つかれへんかったんや」

「どういうことや？」

「進一人の個人戦やったらお国のためと両親のための両立は無理っちゅうことや」

「と言うことは何な？　団体戦やれっちゅうことか？」

「その通りや。ええか、先鋒は作戦部隊で、次鋒は方面軍や。副将は参謀本部で、大将は大本営や」

「一個抜けてるやんか。中堅は？」

「中堅は中継、補給や。先鋒と次鋒が負けて中堅も負けたら試合は終わりや。強い部隊やええ作戦があっても補給がなかったらあかんわ。補給が一番大事や。進は中堅やったやんか。進路も中堅がええんちゃうか」

「おおーっ。なるほどなあ。それはええかもしれんなあ。そえで、どうすんなあ？」

「士官学校や兵学校やったら兵科の将校になるさかえ親が認めてくれやん。そんなら将校やけど前線で戦わん指揮官になったらええんや。ほいたら進の意思も貫けるやろわ」

「できるんか？　そんなこと」

「参謀本部は無理やで。学校出たてのもんはあかんし、いつ前線に回されるかわからん。そやけど主計将校やったら前線で戦わんやろ。そやから経理学校へ行ったらええんや」

「経理学校？」

「そや。海軍にもあるけどな。海軍あかんっちゅうんやったら陸軍の経理学校行ったらええんや。俺の兄貴も受けたんやけどな」

「受かったんか？」

「あかんかったわ。難し過ぎてな。今やったら東京帝大より難しいんちゃうか」

「へえー。そやけど進やったら大丈夫やろ。進はそこでも太鼓判やさかえな」

　進は友人たちの話を興味深く聞いていた。進たちは、昨年と一昨年、全国中学剣道大会団体の部で連覇していた。進は個人戦でも群を抜いて強かったが、どちらかと言えば団体戦が好きだった。勝ち進めば同じ学校の仲間との戦いとなる個人戦よりも、仲間と力を合わせて勝利を掴む団体戦に魅力を感じていた。

先鋒次鋒が勝てば中堅の進で勝負を決めることもできる。先鋒次鋒が負ければ進が踏みこたえて後に託す。一人二人の黒星は他のメンバーで挽回する。それは今の日本の置かれている状況と同じではないか。

一つ二つの方面の苦境は他の方面が援護して難局を打開する。それには後方支援、中継という働きが重要となる。それはまさに団体戦の中堅の働きと同じと言えるではないか。まさに自分に打ってつけ。小柄だけれどキラリと光る背の山のような存在。お国のためになり両親の希望にもかなう。これなら認めてくれるはずだ。進にようやく笑顔が戻った。

# 三　章

進は陸軍経理学校に進学した。進の在学四年の間、世界は激動した。理不尽な世界情勢の中でひたすらもがいている日本。進たち学生には日本の現状がそう捉えられていた。

一学年　日独伊三国同盟　（一九四〇）
二学年　真珠湾攻撃　　　（一九四一）
三学年　ミッドウェー海戦（一九四二）
四学年　学徒出陣　　　　（一九四三）

二学年の春、克也出征の知らせが届いた。姫路中部第四九部隊入隊。関東軍に編入され北満州の地で国境警備の野砲部隊に配属されたとのことであった。進は複雑な思いに捕らわれた。俺はここが好きや。母と田んぼや畑をすると話していたときの克也の涼やかな笑顔が思い返された。個人の思いや人生が全体の流れの中に押し込められる。しかし、進は自分の意思で軍籍に身を置く。大きな責任を噛みしめさせられた克也出征の知らせだった。

泥沼化した中国大陸での戦争を継続しながら、それに加えて米英蘭相手に海洋方面で新たな戦争に突入する。その是非については軍務に就く者の口にすべきことではない。命ぜられた任務をひたすら遂行する。それが進たち経理学生に限らず、将来軍人となる道を選んだ学生に課せられた使命であった。学業に邁進するとともに術科として剣道か柔道いずれかの研鑽にも励んだ。進はもちろん剣道を選んだ。進の剣は経理学校でもずば抜けていた。一学年のときにすでに全学年を通して進の右に出る者はいなかった。経理学校随一の剣の達人として四年間の学生生活を過ごした。そんな進の耳に雑音めいたものが時折聞こえてくる。

「学業も剣道もずば抜けている。なぜ経理学校を選んだのか」

「士官学校を選ばなかったのは、前線では戦いたくないからか」

「そもそも帝国大学は考えなかったのか」

そういう雑音の数々はかつて中学校時代の進自身を苦しめたものであった。個人レベルで考えればそういう疑問や不信は当然起こってくる。しかし進は、個人の問題として自分の進路を選択したのではない。日本全体の中で自分にできる最良の任務を見出し進路を決定したのである。

　進には何の迷いもなかった。自分の信じた道でひたすら精進する。与えられた任務を着実に遂行する。そのためにあらゆる知識や技術を自分の内に蓄積する。学業に対する進の真摯な姿勢が言わず語らずのうちにそういった雑音を少しずつ小さくしていき、いつしかそれらをすっかり消滅させてしまった。

　進は経理学校卒業後、ただちに陸軍主計少尉として青森県弘前《ひろさき》第五八旅団に配属された。青森まで訪ねてきた母親によって克也の消息がもたらされた。克也は野砲部隊から戦車第二師団に転属となっていた。二人はその後、激戦地のフィリピンで再会することになる。

# 四章

一九四四年（昭和一九年）、太平洋の戦局は日本に圧倒的に不利な展開をしていた。
マリアナ沖海戦（六月十九日、二十日）
サイパン島陥落（七月七日）
台湾沖航空戦（十月十二日〜十六日）
レイテ沖海戦（十月二十四日、二十五日）

米軍は、グアム→サイパン→小笠原諸島の太平洋方面軍と、フィリピン→台湾→沖縄の南西太平洋方面軍の二手に分かれて攻め上ってきた。マリアナ諸島のサイパンを基地とすれば、東北や北海道を除く日本のほぼ全域を爆撃目標にすることができた。台湾沖航空戦において日本の航空戦力はほぼ壊滅。レイテ沖海戦において連合艦隊は事実上消滅した。日本の絶対国防圏は突破され、制空権も制海権もなくなった。日本全土が丸裸にされ、太平洋の孤島の守備隊は大本営や参謀本部から見捨てられたに等しい状態となった。

情報の信憑性を検証することもなく、誤情報に基づいた不可思議な作戦を押し通し、取り返しのつかない大失態を重ねに重ねた。その末に生み出された神風特別攻撃隊が、初めて戦線に投入されたのがレイテ沖海戦だった。

誤情報の最たるものが台湾沖航空戦だった。味方航空部隊の大敗であったにもかかわらず、味方大勝利との情報が大本営にもたらされ、それがそのまま国民にも喧伝された。そして敵の空母艦載機の壊滅という誤報に基づいて立案された作戦により、大混乱に陥ったのが第十四方面軍であった。

第十四方面軍の司令官は山下奉文大将。開戦当初マレー半島の電撃的な進撃によって「マレーのトラ」と呼ばれた猛将だった。フィリピン着任は十月八日。フィリピン方面の「捷一号作戦」が発令されたのが十八日。参謀長の武藤章中将の着任は二十日。栗田艦隊によるレイテ湾突入は二十五日に迫っていた。

着任後まだ日の浅い山下司令官が当初受けていた作戦はルソン島での地上決戦だった。しかし台湾沖航空戦による米艦載機壊滅との情報を真に受けた大本営の判断に基づき決戦場がレイテ島に変更された。レイテ島を日米決戦の「天王山」とする。それは現場を知らない中枢部の硬直的思考の弊害だった。連日繰り返されている猛烈な艦砲射撃や空爆からは敵の艦船や航空勢力が壊滅しているなどとは到底思えない。壊滅どころかますます増強されているとしか考えられない。そのような中、味方戦力をルソン島からレイテ島へ無事に輸送することなどできるものではない。制海権の無い海を渡る味方輸送船は敵潜水艦の好餌《こうじ》となった。武器弾薬食糧は海没した。運よくレイテ島にたどり着いた兵隊の武器といえば旧式三八銃のみ。圧倒的な敵の前に各個撃破され、補給もないまま十二月、作戦は中止された。あとは自活自戦。自ら食糧を調達しながらあくまで徹底抗戦。降伏は許されない飢餓戦闘の道を進むしかなかった。

その戦局において第十四方面軍を所管する南方軍総司令官がルソン島からサイゴンに総司令部を移し、フィリピンを去ってしまった。これには山下司令官も開いた口が塞がらなかった。敵の総司令官であるマッカーサーは自ら膝まで海水に浸かり敵前上陸を敢行している。どちらの将軍の下で戦う方が兵の士気は上がるか。考えることすら愚かしい思いが山下司令官の胸にはあった。しかし、レイテ島の日本軍を蹴散らしたマッカーサーのルソン島上陸は一弾指の間に迫っている。連日猖獗《しょうけつ》を極める航空爆撃の激しさがそれを物語っていた。手持ちの兵力は限られている。第十九師団。第二十三師団。第五十八旅団。

それらの兵力も三分の二以下に激減している。方面軍の再編が急務であった。それには物資の輸送が不可欠だったが、タイやベトナムからの補給船は敵潜水艦にすべて沈められている。米軍上陸直前、残された望みは台湾からの白米とガソリン各一万トンの無事到着を待つのみだった。

十二月二十四日の朝、イポーからバギオに移転したばかりの司令部で、山下司令官が怪訝な顔つきで武藤参謀長に尋ねた。

「今朝はやけに静かだが、敵さんは今日はお休みなのか？」

「クリスマス・イブですからな。米軍にはクリスチャンが多いのでしょう」

「なるほどな。わしはまたここへの移転祝いに盛大にやってくれるもんだと期待していたが、そりゃ残念だ」

不敵な笑みを見せる司令官の顔が、松脂《まつやに》を燃やす炎の灯りで洞窟内に浮かんだ。司令部は奥行き七百メートル、高さ三十メートルの巨大防空壕内に設営されている。松脂の煙を手で払いながら参謀長が答えた。

「明日二十五日もおそらく爆撃はないと思われます。この好機を使わぬ手はありません。各集団の主な者を集めてはどうでしょう」

「そうだな。手配を頼む」

レイテ島陥落後、山下司令官はルソン島の守備隊を三集団に再編成していた。

北部には「尚武集団」。司令部のバギオを中心に展開し、第十師団、第十九師団、第二十三師団、第百三師団、第五十八旅団、第七十九旅団。そして克也が配属されている戦車第二師団で構成された。

クラーク飛行場より西部には「建武集団」。兵数は二万を越えていたが、武器は旧式の三八銃のみ。各地での陸海空戦の落武者たちを集めた混合部隊だった。

マニラより東部には「振武集団」。第八師団、第百五師団、第八十一旅団、第八十二旅団で編成された。進は第八師団に配置されている第五十八旅団に配属されていた。

司令官は南部のマニラ方面からは兵力を撤退させ、マニラでの市街戦は避けようと考えていた。百万都市のマニラで市街戦を展開すれば、阿鼻叫喚の地獄絵図を現出することは火を見るより明らかだった。

翌二十五日、各集団から指揮官、参謀、主計、通信の将官、佐官、尉官が集められた。進は振武集団の主計将校としてその末席にいた。米軍のルソン島上陸は指呼の間に迫っている。落武者を集めた混合部隊の建武集団は言うに及ばず、師団や旅団の名称を冠している尚武集団や振武集団ですら、その実体は大隊か中隊以下の兵力しか残してはいなかった。

各集団の参謀から戦闘記録が参謀長に提出された。戦闘記録には各集団の各部隊の日々の戦闘状況とその結果とが克明に記載されている。加えて残存する兵力、武器、弾薬、食糧などの重要記録も明記されていた。それらをもとに各集団が連携しながら作戦を組み立てていく。しかし、作戦の基盤となる航空機の援護、つまり制空権はもはやない。補給の望みとなる制海権もない。現代戦は武器弾薬の消耗戦である。補給の期待できない戦いに立てられる作戦などありはしなかった。

「敵さんがクリスマス休暇を取るなら、わしらも正月休みを取ろう。敵さんの休暇中、わしらは攻撃をしない。武士の情けだ。敵さんも正月三が日ゆっくりしてもらおう」

「しかし司令官。我々が攻撃をしないのは――」

「わかっておる。やせ我慢だ。攻撃しないのではなく、できない。無駄弾は一発も撃てないからな」

米軍の攻撃は今のところは航空機による爆撃だけだったが、高射砲のなくなった地上兵力ではその迎撃には限界があった。

「敵の上陸は年内にも敢行される可能性があると思われます。正月三が日に、休暇を取る余裕などありません」

「敵さんは、上陸前には激しい艦砲射撃と空爆を三日ほどするのが通例だ。空爆は今でも激しいが、敵艦船はまだレイテ周辺をうろついている。艦船が現れなければ艦砲射撃はない。年内に艦砲射撃がなければ、正月三が日の上陸もない」

司令官は正月三が日、各集団の将兵に交替で休暇を取らせるようにと命じて散会した。召集された各集団の将校が司令部を辞すとき、進が司令官に呼び止められた。

「中村主計大尉。すまんがちょっと残ってくれんか」

進は戦時下の特別昇進で主計大尉となっていた。進は司令官の近くに席を勧められた。司令官と参謀長、そして進の三人だけだった。進は緊張していた。そんな進をリラックスさせようと思ってか、司令官は大きな体を揺すぶり、厳《いか》つい顔を努めて和ませながら進に話しかけた。

「噂に違わぬ男ぶりだな。わしからみても惚れ惚れするくらいだ」

「全くです」

参謀長もそれに応じた。進は何と返答したものか思案の仕様もなかった。そんな進に対して司令官が豪快に笑いながら、

「そう堅くならんと聞いてくれ。実はな」

進は背筋をピンと伸ばしていた。司令官は進にぴたりと視線を向けて続けた。

「中村主計大尉の噂はかねがね耳にしていた。経理学校での成績。剣道の腕前。いずれもずば抜けていたそうだな。そんな大尉がどうして兵科を選ばなかったのか。戦地での主計大尉の働きぶりを見るにつけ、ますますそういった疑問が大きくなってきてなあ。主計大尉が兵科の将校として部隊を指揮してくれていれば勝機も増えていたと思うのだが」

進は正直言って驚いていた。戦争の最中、しかも敵の上陸寸前に司令官が部下の将校に発する言葉とは思えなかった。参謀長に目で促され進は口を開いた。中学校時代の悩み、経理学校を選んだ経緯、現在の心境などを簡潔に申し述べた。進の話は分かりやすかった。頷きながらそれを聞いている司令官は彼我ともに認める猛将とされていたが、時折見せる穏やかな笑顔に、進は温かく慈悲深い一面を垣間見た気がした。

「なるほど。ということは君の友人の説通りだとすると、我が軍はもはや先鋒も次鋒も負けているということになる。ここで中堅が持ち堪えない限り敗北は決定的になるわけだが、その中堅も絶望的じゃないのかな」

「おっしゃる通りです」

「君の計算では、あとどのくらいの日数、各集団は戦闘が可能かな」

進はちらりと参謀長を窺い見た。そのようなことを一主計大尉が口にしていいのかとい
う迷いを目で訴えていた。参謀長が進に軽く頷いて見せた。それで進は答えた。

「普通に弾薬を消費すれば良くて十日。戦い方にもよりますが二十日が精一杯です」

「やはりそうか。ということは敵さんの上陸日如何によっては我々に二月はなさそうだな。

中堅は中継。その中継の補給は来ない。中堅も負ければ試合は終わる。しかしすでに副将
の参謀本部も大将の大本営もまともに機能してはおらん。中堅だけが頼りなんだが」

それだけ言うと、司令官はいつものように腕を組み目を瞑《つむ》り口を引き結んでしまった。

その様子を見た進は席を立ち敬礼をした。

「自分はこれで。任務に戻ります」

司令官は目を開き進に視線を向けた。

「わしらの世代が始めた戦争に君たち若い世代を巻き込んでしまったのみならず、その尻
拭いまでしてもらっている。特別攻撃隊といい君たちといい、こんな戦争がなければ君た
ち若い者には、もっと有意義な生き方があったはずだが」

「司令官、それは……」

参謀長が慌てて司令官を遮ろうとした。

「なあに、構うものか。どの道わしらは敵さんが上陸すれば十日の命。蝉のようなものだ。参謀長。いつもの、お得意の俳句でもどうだ。ハハハ。しかし、この蝉はおいそれとくたばるわけにはいかん。武器弾薬が無くなろうが食糧が尽きようが、敵さんをここより北に行かせるわけにはいかん。マッカーサーをここに釘付けにしなくてはならん。本土を踏ませるわけにはいかんのだ。そのためだ。主計大尉。君ら若い者の力を借りなきゃならん」

「元よりその覚悟です」

「そうか。よろしく頼む。忠と孝の両立を目指した君の望みは、叶えられそうにないな。ご両親には誠に申し訳ないが」

「いえ。自分には弟がおります。両親への孝養は、弟が自分の分も尽くしてくれます」

「そうか。ご両親も心強いことだな」

司令官は進に何とも言えない優しい目を向けていた。参謀長は司令官のこんな眼差しを初めて見た。年齢的に考えれば司令官と進とは親子といっても良かった。そういうことを考え合わせると、司令官の進に対する態度に首肯できるものがあると参謀長には思えた。

「それはそうと、戦車第二師団に中村というすご腕の伍長がいるんだが、君とは何か関係あるのか」

　司令官が机上の図面を指しながら尋ねた。

「戦車第二師団の中村伍長。それは中村克也のことですか？」

「下の名前までは記憶にないが」

　と言って参謀長に目線を向けると、参謀長はすでに戦闘記録のページを繰っていた。

「ありました。戦車第二師団。第三旅団。第六連隊。中戦車中隊。中村克也伍長」

　参謀長の声が進の頭蓋骨の中で反響した。熱いものが胸の底から込み上げてきた。

「自分の叔父であります」

「ほう。やはりそうか。血は争えないとは確かだな。砲撃のすさまじい名手だ。敵戦車の砲身に砲弾をぶち込む。どんなに頑丈な装甲の戦車でも砲身にぶち込まれたらひとたまりもない。そんなことができるのは戦車師団の中でも中村伍長しかいない。こちらに来てから会っていないのか」

「はい」

「会っていけ。近くだ。敵さんの上陸地点と目されているリンガエン湾。すぐそこだ」

# 五章

リンガエン湾は大きく口を開いた蛸壺のような形をしていた。ルソン島の中央部、西方に向いているところは和歌の浦に似ているが白砂青松ではない。巨大な鶴が白い羽を撓《たわ》めたように見える砂浜に映える青色は椰子の木のそれであった。やがてここが数百隻もの軍用艦に埋め尽くされてしまう。戦車部隊は湾をぐるりと取り囲むように複廓《ふくかく》陣地を築き、さらに彼らが言うところの蛸壺陣地を何段にも渡って構築中であった。師団の名は残しているが、ざっと見渡して戦車の数その他から勘案すると、やはり大隊くらいの戦力しかなさそうであった。

進は師団司令部に向かった。司令部と言っても建物があるわけではない。岩陰にテントを設えた簡単なものだった。師団長の岩仲義治中将宛ての封書を山下司令官から預かっていた。それは司令官の親心であることが進にはわかっていた。敵の上陸を待ち受ける戦車部隊に、一主計大尉が身内に会うだけのためにのこのこと出向いていけるものではない。むろん封書の中身については進の知るところではない。弾薬の補充について部隊間の連携を計るとでもいった用件を、司令官が用意してくれたのではないかと推察していた。そのため砲撃の名手中村伍長の意見を聞く必要があると。しかし実際はそのような手の込んだ書面ではなかった。叔父の中村克也伍長に会わせてやってくれと、ただ一言書かれていただけだった。山下司令官はそのような大将だった。豪傑、猛将。それは戦いに際しての指揮官としての姿に過ぎない。戦いを離れた場では部下思いの慈悲深い将軍だった。

克也の部隊は司令部のすぐ近くに布陣しているとのことだった。ほどなく日焼けした精悍で整った顔つきの兵隊が現れた。

「中村伍長、参りました」

実に十年ぶりに見る叔父だった。進は立ち上がった。直立不動で敬礼している克也に進も敬礼をした。返礼をした将校を向いた克也の目が大きな驚きに変わった。

「進！」

と叫びかけた声を間際で飲み込んだ。進の襟の階級章を確認して、

「中村大尉でありますか」

喜びを全身から発するようにして言った。

「主計大尉だ。中村伍長。元気そうだね」

進はそう言って腕を下ろした。克也も腕を下ろした。軍隊では階級の下の者の敬礼に上の者が応え、上の者が腕を下ろすまで下の者は腕を下ろせない。師団長が口を開いた。

「二人とも積もる話があるだろう。伍長。主計大尉を景色のいい所に案内してやれ」

「はっ！」

克也が師団長に敬礼した。それに続けて進も師団長に敬礼した。師団長がそれに頷くと、進、克也の順に腕を下ろした。克也が進に笑顔で頷いてみせ司令部を出た。進も頷いて克也に続いて司令部を後にした。

椰子の木の向こうに砂浜が広がっている。夕陽を受け湾全体が輝いていた。進にはその光景が和歌の浦に重なって見えた。この世の浄土のように思えた和歌の浦。戦争がなければ、この湾も浄土のように美しいと思えたに違いない。しかし目の前には戦車が布陣し、兵たちが暇なく陣地の構築に奔走している。

倒れた椰子の木に腰を下ろした二人は無言だった。十年という長い時間の巻き戻しが二人には必要だった。大人から少年への十年。戦時から平時への十年。巻き戻しを終えるのは進の方が早かった。十年前の少年に戻った進が口を開いた。

「克也さん。すごい活躍なんやてな」

「主計大尉が克也さんって。ええんか?」

そう言う克也も昔の少年の顔に戻っていた。二人とも和歌山弁になっている。

「かめへんよ。そやけど、こんなとこで会えるって思えへんだわ。満州やったんやろ?」

「そや。こっちへ来たんは急やったな」

「克也さん、戦車の砲撃ものすごいんやてな。山下司令官、感心してたで」

「そうでもないわ。初めは野砲部隊やったんやけどな。一年くらいで戦車部隊に転属や。まあ俺は、どっちでもええんやけどな」

「腕が良かったからやで」

「教えられた通り撃ってるだけや。そやけどそのうち砲撃は野球と一緒やて思たんや」

「野球と?」

「そや。投球は打者との駆け引きと捕手との意思疎通や。砲撃は相手の砲手との駆け引きと味方の操縦手との意志疎通や。投球も砲撃もしっかり相手見切ったもんの勝ちやから、そんな意味でどっちも同じなんや」

「ふうーん」

「俺は三球に二球くらいやったら思った通りの所に投げられたわ。砲撃も三発のうち二発やったら思い通りに命中させるで」

「すごいやん。三羽に二羽、鳥射落とした那須与一と一緒や」

「与一のは飛んでる鳥や。動いてる目標やんか。投球は動いてる物に投げるわけやないし、砲撃の目標も止まってるさかえな」

「そやけど、戦車の砲身に撃ち込むって司令官言うてたで。戦車っちゅうたら動いてるんちゃうん？」

「撃ち合うときは大概止まってるさかえな。砲身に撃ち込むっちゅうのは、十発に一発くらいしかないで」

「そえでもすごいわ。日本陸軍の誇りや」

「俺はそんなことどうでもええんや。こんなこと将校のお前に言うたらまずいかも分かれへんけど、俺は今でも田んぼや畑やってたかったなあって思ってるんや」

「そうかあ。克也さん粉河好きやさかえな。召集されてから帰ったことは？」

「ないなあ。もう四年や。なんか知らんけど俺は帰らしてくれやんのや。帰ってるやつらもいてるけどな」

「フフ。腕が良すぎるからとちゃう?」

「さあ、どやろな」

夕陽が水平線に近づいた。湾の輝きが一段と増したように感じられた。夕陽に照らされ朱に染まった克也の顔が眩しかった。

「お前の活躍は、お袋からよう聞かされた。中学校のときの剣道の二連覇。学校の成績。経理学校へ行ったって聞いたときはびっくりしたけど、兄ら夫婦は喜んでたで。経理学校でもようできたそやな。俺が出征する前に一回会いたかったけど、バタバタ忙してたなあ。お前のことやから主計の任務も完璧にしてるんやろな。振武集団の武器弾薬の備えは完璧なんやろ。この戦車師団にお前がいてくれてたら鬼に金棒やったやろなあ。そやけどこれからは主計の任務だけやってたらええっちゅうわけにいかんどお。お前ら将校は場合によったら参謀の役せんなんようになるかもしれんし、もしかしたら大隊長の役もせんなんようになるかもしれん。なんせどんどん将も兵も減ってるさかえなあ。野球やったら打たれても守ってくれる味方がいてる。今は撃たれて味方が減っていくばっかりや。野球で人死ぬことないけど、いまは毎日大勢死んでいく。死ぬん当たり前で、生きてるん不思議なときもあるわ。今日死ぬか、明日死ぬかって思てたけど、その日終わったら、まだ生きてるんや。気いついたら、もう四年も生き残ってたわ。ハハハハハ」

「生き残ってきたんはすごいことやで」

「運が良かっただけや。なんか俺には敵の弾当たらんみたいなんや。打者の打った球、投手の俺に当たらんみたいにな」

「弾よけ明神さんやな」

真面目な進が珍しく冗談を言った。克也の無事なことがよほどうれしかったに違いない。

「そやけど、次はそうはいかんな。昔の武人は華々しく戦って潔く散るみたいなこと言うたみたいやけど、俺は武人やない。百姓や。そんな話は物語の中だけやと思てた。そやけど、自分が同じ立場になったらそんな気持ちになってくるわ。人死ぬん見過ぎたんやろな。もし生きて帰っても単純に生きていけやんやろ。戦場で四年も生きてきたっちゅうことは、そんだけ人殺してきたっちゅうことやさかえ。そらあ戦争やから罪にはならんっちゅうのは分かってるけど。そううまいこと割り切れやんわ。敵にも家族はあるさかえな。俺にも家族あるし。戦こてるとき、そんなこと考えてる暇ないんやけどな。こんなこと考えたんは、お前の顔見たさかえやろなあ。ほんまによう来てくれたなあ――」

それだけを一気に言うと、克也は腰を上げて進を見た。

「ほな、ぼちぼち戻らなあかんさかえ行くわ」

進は克也を見上げた。

「また、会えるやろか」

「ああ。――靖国でな」

克也が敬礼した。あとは目で語った。

（進。お前は死ぬな。俺は見守ってるぞ）

進も立ち上がって敬礼を返した。

（生きるよ。敵に本土を踏まさんために）

言葉にせずとも二人の思いは通じていた。

# 六章

年が明けて、昭和二十年一月三日。

数百隻の敵艦船がルソン島を目指して北上中であるとの知らせが司令部に届いた。

「せっかちな敵さんだな。まだ正月三日じゃないか。ハハハ」

司令官はお腹を揺するようにして笑いながら参謀長に言った。大きかったその腹は、この三か月間で一回り小さくなっていた。

「寝正月も三日目となれば退屈ですからな。とは言え、空爆は今日もなさそうです。船の方はその足からして、こちらに来るのは二日後でしょう」

「ということは、艦砲射撃が始まるのは三日後か」

「はい。六日、七日、八日。三日間続くとすれば、上陸は九日ですかな」

それを聞きながら、司令官は机上に広げた地図のリンガエン湾一帯を指で叩いていた。

「数百隻か。博多湾を埋め尽くした元軍に匹敵しそうだな」

「元軍よりも手強そうです」

「そうだな。しかし、あのときは神風が吹いたと言うことだが」

神風——。

二人の脳裏に特別攻撃隊の機影が浮かんだ。

「祖国を愛する気持ちがある限り国は滅びはせん。その気持ちを無くしたときに国は滅ぶ。彼らの命は祖国とともに永遠のものとなる」

「同感です。しかし今更ですが、大変な国と戦《いくさ》を始めたものですな。我が方は、もはや制空権も制海権もないダルマ同然ですが」

「その手も足も出ないダルマでも、下手に戦えばえらい目に遭うということを敵さんに分からせなければならん。同じだけの装備武器弾薬があれば、わしらは決して負けやせん。それらが無くてもむざむざと負けるわけにはいかん。特攻隊の彼らも同じ思いだろう」

司令官は再び地図に目を落とした。

「参謀長。リンガエン湾の戦車部隊を艦砲の届かない後方に下げることにしよう。戦車師団とは言ってもせいぜい一個大隊くらいの戦力しか残っていない。艦砲や空爆にやられてしまっては彼らも無念だろう。最期は戦車決戦をやらせてやることにしよう」

参謀長は無言だった。司令官は続けた。

「海軍さんだって艦隊決戦をやらせてもらえないまま壊滅だ。大概は航空機や潜水艦にやられておる。艦隊決戦の華々しかった時代はもはや昔のことになってしまった。もっとも航空機による艦隊爆撃を成功させたのは日本が最初だったがな」

司令官の脳裏には、マレー沖での英戦艦プリンス・オブ・ウェールズや巡洋戦艦レパルスを撃沈させた陸軍航空隊、真珠湾攻撃での海軍機動部隊の雄姿が描かれているのだろう。

「分かりました。戦車師団に命じます」

「無理を言ってすまんな。戦車決戦をしたところで、チハはM４に敵わんが――」

チハは日本陸軍の九七式中戦車。「チ」は中戦車のチ。「ハ」はイロハのハ。つまり三番目の改良型という意味の秘匿名称だった。軍では略語や隠語がよく使われた。皇紀二六〇〇年（昭和十五年）に生まれた艦上戦闘機を「０式艦上戦闘機」＝「零戦」と言ったようなものだ。M４戦車は米陸軍の最新鋭戦車だった。起動性も砲撃力も優れていたが、何よりその装甲が頑丈であった。

チハの砲弾ではM４戦車には歯が立たない。口径を五十七ミリから四十七ミリに換装し砲身を長くすることによって貫通力を上げはしたが、M４戦車はお構いなく前進してくる。逆にM４戦車の砲弾が一発でも命中すればチハは撃破された。克也の腕がいかに優れていてもこれでは敵うわけがなかった。まして砲弾の数に限りがあり、燃料も十分ではない。しかし、艦砲や空爆でやられるよりは戦車隊らしい死に場所を与えてやりたい。司令官は大楠公の湊川の決戦を想起していたのであろうか。

敵艦船がリンガエン湾に姿を現したのは六日早朝。たちどころに砲撃が開始された。世界中の雷鳴を集めたかのような凄まじい轟音が湾を震わせる。湾内を埋め尽くした艦船からの執拗な砲撃は三日間続けられた。併せて航空機による爆撃。味方戦車部隊が構築した複廓陣地は完膚無きまでに破壊されてしまった。戦車部隊を配置したままであったとすれば、この三日間の砲爆撃で跡形もなくそれらは消え去っていただろう。

九日、マッカーサーの率いる米軍の上陸が始まった。上陸用舟艇二千、水陸両用車一千。蟷螂《とうろう》の卵から数千もの子が生み出されるように、砂浜は瞬く間に米軍将兵で埋め尽くされていった。迎え撃つ尚武集団は湾の南に西山福太郎中将の第二十三師団、佐藤文蔵少将の第五十八旅団。北岸に尾崎義春中将の第十九師団。若干の野砲以外は斬り込みによる突撃戦法しか抵抗手段がなかった。肉弾戦としか呼べない突撃戦法を僅かでも有効たらしめるため、その攻撃は主に夜間に敢行された。小型舟艇に爆雷を積み敵艦船に接近する。敵に発見され斬り込み失敗と判断したときは舟艇ごと敵艦船に体当たりを行う。敵船に乗り込めば文字通り決死の斬り込みを行った。しかし圧倒的な物量を誇る上陸軍からすれば、それらは象への蚊の一刺しくらいのものでしかなかった。

十二日には、尚武集団の陣営が破られマッカーサーの進撃が始まった。山下司令官は尚武集団に北部バギオ山系への後退を命じた。マッカーサーは軍を二手に分け南部のマニラを目指した。一軍は島西側のタルラック道。もう一軍は中央部のカバナツアン道。タルラック道は建武集団が守り、カバナツアン道には戦車第二師団が三段構えの陣を敷いている。マッカーサーはバギオ山系に退いた尚武集団の追撃に一個師団を割き、西部の建武集団の掃討に一個師団、中央部の戦車第二師団にはM４戦車を主体とした二個師団を差し向けた。

建武集団は兵数こそ二万を越えているとは言え、その武器は旧式の三八銃のみ。弾薬の補充もない。米軍は重戦車と航空機による爆撃、無尽蔵とも言える補給に支えられている。現代戦においてそれは一対百の戦力差と言っても過言ではない。常識で考えて半日も持たない。米軍からすれば無人の野を進むに等しいくらいの感覚であったに相違ない。しかし、米軍がそのタルラック道を踏破するのに五日間を要した。十分な弾もなく旧式銃しか持たない建武集団の昼夜を分かたず繰り返された肉弾攻撃は、一日四千人の戦死者を出した計算になる。将兵の鬼神をもひしぐ闘魂がその日数に刻み込まれている。その建武集団の残存勢力の掃討にマッカーサーは引き続き一個師団を配置せざるを得なかった。

戦車第二師団の第七連隊が布陣するカバナツアン道のサンマニュエルへは、米軍のM４戦車二個師団が不気味な塊となって南下していた。日米最大の戦車決戦が迫っていた。第七連隊の連隊長前田孝夫中佐は、カバナツアン道の東側山系の山裾に戦車隊を単横陣で配置していた。

「敵さんは、単縦陣の隊列で一直線に南下してくる。その隊列の土手っ腹にお年玉だ」

「もう松の内は明けましたが」

参謀が応じた。

「年始に来るのが遅かったのは敵さんだ」

二人は声を出して笑った。

九七式中戦車チハがM４戦車と四つに組んだ戦いはできない。チハの前面装甲は二十五ミリ。Ｍ４戦車の装甲はその三倍。正面からの攻撃では勝負にならない。不意を突いた側甲への一斉砲撃によって相手の動きを止め、接近戦に持ち込んで勝機を見出すしかない。しかし、勝機などというものはどう転んでもありはしなかった。チハがＭ４戦車に火を噴けば、時を分かたず敵攻撃機が蜂のように襲ってくる。敵の出方が分かっているだけに、あえてそれを笑い話にできる連隊長であった。

しかし、サンマニュエルに現れたのはＭ４戦車より敵攻撃機の編隊の方が早かった。攻撃機は翼を翻し次々と急降下してきた。

「どうやらお年玉は敵さんからもらうことになったみたいだな」

「これはお断りしないといけません」

「よし。散開だ」

「わかりました。全戦車散開！」

単横陣で整然と一列に並んでいては格好の攻撃目標となってしまう。戦車隊は即刻散開。退避行動を取った。

「どうやら、こちらの動きが敵に筒抜けのようです」

「そうみたいだな」

爆音が轟き始めた。命中弾でなく至近弾でも軽い戦車は吹き飛ばされる。チハの重量は十五トン。Ｍ４戦車の半分だ。仰向けにひっくり返された戦車は、起き上がれずにもがくカブト虫同然だった。こうなるともはや何の戦力にもならないただの鉄の塊だった。

おそらく抗日ゲリラによるスパイ網が張り巡らされているに違いなかった。抗日ゲリラは表面的には親日の顔で接近してくるが、裏ではすべての情報を米軍に提供する。まことに始末に負えない存在だった。しかし、食糧等の調達においては民間のフィリピン人と接触せざるを得ない。問題はその民間人がゲリラかそうでないかの見分けが簡単にはできないということだった。ゲリラやスパイは見逃すわけにはいかなかったが、そうではない民間人を殺害するわけにはいかない。

攻撃機によって弾き飛ばされた第七連隊にＭ４戦車が襲いかかってきた。Ｍ４戦車の土手っ腹をぶち抜くという連隊長の作戦は水泡に帰し、ひっくり返されたチハに砲弾が飛んでくる。それ以外のＭ４戦車群は南下を続けた。しかし、ほどなく先頭を行く数輛に大爆発が起こった。第七連隊の埋設していた地雷であった。破壊されたＭ４戦車によってカバナツアン道は一時的に塞がれた。

ウミンガンに布陣した第十連隊の連隊長原田一夫中佐は、初めから戦車群を分散させ物陰に潜ませておいた。攻撃機の狙い撃ちに遭った第七連隊の轍を踏むまいとの判断だった。近づいたＭ４戦車に不意に横合いから攻撃を仕掛ける。混乱に陥る敵にさらに接近し、あとは戦車同士の白兵戦だと腹を括っていた。チハはＭ４戦車に比べて一回り小さい。物陰に潜ませるのは簡単だった。加えて重量が軽い。速度や小回りや燃費においてはＭ４戦車に見劣りはしなかった。

「あとは空からの蝿叩きをどうするかだ」

「やれ打つな蝿が手を擦る足を擦る」

「小林一茶か」

連隊長と参謀が顔を見合わせて笑った。

日本人の死生観は欧米人に理解できるものではない。死を確実に目の前にしてそれを戯画化できる。そのような民族が他にあるだろうか。マッカーサーを悩ませた日本の戦力は武器弾薬だけではなかった。

地雷原を警戒しながらＭ４戦車隊がウミンガンに進攻してきた。敵の戦車列の半ばが通過した頃合いを見計らって第十連隊は攻撃を開始する。Ｍ４戦車の側板装甲は四十ミリ。

チハの前面装甲よりも頑丈だ。しかし至近距離から四十七ミリ砲をぶち込めばそれは貫通できるはずであった。しかもチハとM４戦車が接近している状況では航空機による攻撃もできない。同士打ちになるからだ。

「蝿叩きの心配はありません」

参謀長が自信を持って言った。

重量三十トンに及ぶM４戦車の二個師団。接近するその単縦陣は、この世のものとは思えぬほど不気味で巨大な黒い蛇を思わせた。物陰に潜むチハがうまくM４戦車の一輌を破壊したとしても、次の瞬間にはそれ以外のM４戦車の一斉砲撃の餌食となる。自らの砲撃が自らの死を招く引き金となる。それなら確実に一死一輌。自らの死と引き換えにM４戦車一輌は確実に破壊する覚悟だった。

物陰で息を潜めているチハの前を轟音を立ててM４戦車が次々と進撃する。撃ち急いでは確実に仕留めることができない。車列の半ばが通過した頃合いを見計らい連隊長が攻撃命令を下した。M４戦車が目の前に現れた機を逃さずチハの砲身が火を噴いた。チハの砲撃音がウミンガンのカバナツアン道に響き渡る。四十七ミリの至近弾であってもM４戦車がわずかに旋回すれば、その側甲をぶち抜くのは難しい。ガソリンエンジンのM４戦車の機動力はディーゼルエンジンのチハを凌駕している。それは猟師によって手負いにされたヒグマが暴れだす様を思わせた。すかさず方向を変えたM４戦車が至近距離から反撃弾を放ったからたまらない。M４戦車の半分の重量しかなく、しかも三分の一の厚さの装甲しか持たないチハは玩具のように弾き飛ばされていく。しかし、実質一個大隊にも満たない第七連隊と第十連隊が、米陸軍二個師団のM４戦車隊を一週間も釘付けにしたのは驚嘆に値する。

北満州では勇名を轟かせた戦車第二師団であったが、気候風土も人民統治も全く勝手の違うフィリピンルソン島では、師団長の岩仲義治中将は苦戦の連続であった。補給物資の欠乏がその最大の要因であったが、すでに第七連隊、第十連隊は壊滅。重見伊三少将の第三旅団麾下《きか》の第六連隊のみとなってしまった。

克也は第六連隊に配属されていた。北満州の山野では敵なし。改良前の五十七ミリ砲で敵を砲身もろとも吹き飛ばしていた。しかし、残りの砲弾数が限られているチハで世界最強の米陸軍M４戦車を相手にしては、大人と子どもの喧嘩にもならない。しかも敵攻撃機に見つかっては戦う前に勝敗は決してしまう。M４戦車の側甲を狙ったとしても、一発撃てばあとは火を噴く鉄の棺桶とされてしまう。数少ない勝機を確実にものにするには、これ以外にないという作戦を克也は考えていた。しかし、それを連隊長の井田君平大佐の耳に入れる術がなかった。

師団、旅団、連隊、大隊、中隊、小隊と、軍の上部組織から下部組織への機構が生きているならば、一伍長の意見など将校の耳に入ることはない。ましてやそれが軍の作戦として採用されることなどあり得ない。しかし、今や戦車第二師団には、実際的な旅団もなく連隊もない。第六連隊所属の軽戦車、中戦車、砲戦車が若干数残されているのみであった。一兵卒から連隊長、旅団長、そして師団長に至るまでの階級的距離は以前と同じだったが、物理的距離はほとんどなくなっていた。師団全体の人数が少なくなっている。陣地の構築や部隊の設営など、日々の軍役において全ての階級の将兵が顔を合わせる密度は極めて高くなっていた。克也の作戦案が上層部の耳に入る機会は無いわけではなかった。しかも、参謀の立案による作戦がもはや何の意味も持たないほど兵員数や武器弾薬は窮乏している。一伍長の案が顧みられる素地は十分あったのである。克也は師団本部に呼ばれた。

本部には、師団長岩仲義治中将、旅団長重見伊三少将、連隊長井田君平大佐、そして参謀たちが席に着いていた。

「中村伍長、入ります」

「おお。ご苦労だな。ところで伍長。主計大尉とはどうだった。お国の話はできたか」

師団長が聞いた。

「はっ。その節はありがとうございました。主計大尉もたいそう喜んでおりました」

「うむ。それは良かった。主計大尉は君の甥子さんだそうだな」

「はい」

「主計大尉といい君といい、素晴らしい働きだ。そこで今回は特別に君の意見を聞かせてもらいたいと思って来てもらった。砲撃の名手としての君の意見を聞かせてくれ」

克也は全員に視線を巡らせた。本部の面々の表情によっては申し述べる中身を変えなくてはならないと思ったからだが、全員の思いは師団長と同じであることが見て取れた。

克也は臆することなく考えを述べた。

「カバナツアン道はサンホセ付近では道幅が狭く、敵は単縦陣で進むしかありません。我が方は道幅を急遽拡幅し、中戦車を三列縦隊に配置します。その左右前方に軽戦車を一列縦隊少し内向き角度で配置。その左右前方に砲戦車をさらに内向き角度で二輌ずつ配置。敵戦車をぎりぎりまで引きつけ、中戦車、軽戦車、砲戦車が一斉に敵の先頭戦車のみを攻撃します。中戦車三輌は砲塔を狙います。左右の軽戦車二輌は左右の駆動輪、砲戦車四輌は側甲を狙います。味方戦車が弾き飛ばされた場合は、後詰めの戦車が前進し同じ攻撃を行います。敵の先頭車輌に砲九門を集中させ確実に撃破する作戦です。装備物量において圧倒的に不利な状況の中で、一輌でも多くの敵戦車を確実に破壊していくにはこれ以外方法はありません。問題は航空機による爆撃ですが、いずれにせよ味方の砲弾の尽きたときが戦車による戦闘の終了かと思います」

言葉を挟まず克也の説明を聞いていた師団本部の面々は、その後もしばらく無言だった。第七連隊や第十連隊の戦闘の顛末を考えると克也の言う通り、それ以外の方法はなさそうに思われた。もっとも今更どのような作戦を立てたところで勝つ見込みのない戦いであることに変わりはない。それが全員の一致する見解だった。

「それでどれくらい持ち堪えられるか」

師団長が聞いた。

「空爆があるかどうかにもよりますが、戦車隊としては一週間かと思います」

「砲弾が尽きたあとは?」

「それは自分の答えることではないと思います」

「そうか。そうだったな。それは私が、いや山下司令官の命ずるべきことだったな」

克也は頷いた。

「司令官は、玉砕も自決も禁じておられる。最後は自活自戦。徹底抗戦あるのみだ」

# 七章

昭和二十年一月十九日の朝は、どんよりと曇っていた。雲とも靄《もや》ともつかぬものが重苦しく周囲の山裾まで垂れている。それは日本であれば雪の降る兆しとも言えたであろうが、フィリピンでそれはない。サンホセのカバナツアン道を守備する第六連隊の残存将兵には、自分たちの部隊の幕引きを暗示する演出かと思われた。

克也は自ら志願して中戦車隊先頭の中央にチハを配置していた。ハッチから頭を突き出していた通信兵が克也に聞いた。

「伍長は野球をされていたのですよね」

「ああ」

「だからですね。この布陣はまるで野球の守備のようだと思いました。扇の弧に布陣した戦車が、その要の敵戦車にいっせいに砲撃する」

「要に捕手はいないがな」

「伍長は投手でしたよね」

「ああ。今日も先発投手だ」

「捕手はどこにいるのですか?」

「ここにいる。操縦手が俺の捕手だ。俺が戦場で四年も生きてこられたのは、この女房役のおかげだ」

「どこまでもお供しますよ」

操縦手が笑顔で克也を振り向いた。

「今日が最後の試合だ。甲子園の決勝だと良かったんだがな」

「日米で甲子園はありませんよ」

「そうだな。今日は日米野球か」

「完全試合でいきましょう」

「おう」

ハッチで通信兵が叫んだ。

「来ました! Ｍ４戦車! 単縦陣です」

「距離は？」

「一五《ひとご》〇〇《まるまる》！」

「よし。一〇〇刻みで連隊司令部に報告しろ」

克也は鉢巻きを締め直した。鉢巻きは気を引き締めることだけが目的ではない。血が目に入ることを防ぐのが最大の狙いだった。

「一四〇〇――。一三〇〇――。一二《ひとふた》〇〇《まるまる》――」

「M４の射程に入ってきたな」

「一一〇〇――。一〇〇〇を切りました」

「我慢比べだな」

「九〇〇――」

「M４の動きは？」

「さらに前進を続けています」

「ふん」

「八〇〇！」

「いよいよだ」

「司令部より入電。『砲撃開始』」

「試合開始か。よーし。撃ち方始めだ！」

九門の砲身が一斉に火を噴いた。九発の砲弾が扇の弧からその要のM４戦車に集中する。いかに強固な装甲を持つM４戦車とは言えこれでは堪らない。爆音と爆煙のあと再び姿を見せたM４戦車はその動きを止めていた。道は一本。M４戦車一輌でいっぱいの道幅だ。克也の選んだ攻撃地点が奏効した。敵の戦車隊の前進が止まった。

通信兵がハッチを開け敵情を視認した。動かなくなったはずのM４戦車が揺れている。後続の戦車が破壊されたM４戦車を後ろから押し、動かそうとしているようだった。破壊されたM４戦車が道路から撤去された。

「敵戦車、前進します！」

「どうやら、この繰り返しのようだ。敵をこの距離で釘付けにする」

「司令部より入電。『砲撃を続けよ』」

再び九門の砲身が火を噴いた。M４戦車は爆煙に消える。敵の戦車隊の動きが止まる。破壊されたM４戦車を後続戦車が撤去させる。第六連隊の砲弾数と米軍の戦車数のどちらが多いか。単純な計算式で勝敗の答えが出る。しかし、そうは計算通りにいかないのが現実だった。敵戦車隊の二輌目以降が動き始めた。二輌目、三輌目のM４戦車が第六連隊の中戦車への、四輌目、五輌目のM４戦車が軽戦車への、そして、六輌目から九輌目のM４戦車が砲戦車への砲撃を始めた。

「お互い全員野球になってきたなあ」

「目標を変えるように進言しましょうか？」

「いや。同じでいい。敵の先頭を進ませてはいけない。砲弾が尽きるまで撃つだけだ」

敵の強力な砲撃によって吹き飛ばされる戦車が第六連隊に出始めた。すかさず後続の戦車が前進する。敵のM４戦車一輌を狙った第六連隊の一斉砲撃。別々の目標を狙う米軍の個別砲撃。装備と物量が決定的に違う両軍の極めて対照的な戦闘だった。

チハは通常四人乗りだ。車長、操縦手、測的と弾薬装填を兼ねる通信手、そして砲手。今は戦車中隊全体の将兵が激減しているので砲手が車長も兼ね、それを克也が務めていた。つまり今、チハの中にいるのは三人。一人が戦死した場合はさらに兼務が増えることになるのだが、操縦手か砲手のいずれかが戦死すれば戦力は実質ゼロとなる。機械化された現代戦では、専門職の兼務はおいそれとできるものではない。

「M４何輌倒した？」

「十輌です」

「二十七輌はいきたいものだな」

「二十七輌で試合終了だといいんですが、延長戦は長そうですよ」

「その前にこちらの弾が尽きるだろう。あと何発残っている？」

「まだまだ大丈夫です」

通信手が答えたとき、凄まじい轟音がチハを揺すぶった。爆煙と噴き上げられた土砂とで視界が塞がった。土砂がチハの装甲に打ちつける。砲手の克也が受けた衝撃が一番大きかった。先ほどまでと変わらぬ姿勢のまま動きを無くしている。操縦手は弾かれた戦車の向きを戻す操作をした。幸い駆動に支障はなさそうだった。通信手が克也に呼びかけた。

「伍長！　大丈夫ですか！　伍長！」

「どんな状態だ？」

操縦手が振り向いて聞いた。

「反応がありません」

――克也の意識は音のない空間に浮かんでいた。戦車の駆動音も砲撃音も爆裂音もない。

時間すら無くなったような静寂の空間。

見覚えのある家の朝食風景が目に入った。

（あれは、俺の家やないか）

「危ないとこ連れていったらあかんで」

ご飯をよそいながら亀菊が言っている。

「分かってるわ。おい、進。はよ食えよ」

ご飯をかき込みながら克也が言った。

「三時に行くって言うからびっくりしたで。ほんまにお前は無茶言うさかえ」

「そやから行けへんだやないか。明るなってから行ったておらんさかえなあ」

「そんなことないで。おらんかったら木の下掘るんや。白い手拭い持っていきよ」

（カブト虫捕りに連れていくつもりなんやな。思い出したわ。二人でよう行ったなあ）

「克也」は微笑んだ。

食べ終わった克也と進は近くの山に急いだ。

「克也」には二人の行動が全て見えている。

山の雑木林には大きなクヌギが何本もある。カブト虫は夜行性だから三時に行くつもりにしていた克也だったが、昼間にいないこともない。それでも早く捕りに行かないことには誰かに捕られてしまうことになるのだ。

二人が目的のクヌギに到着した。克也が木の洞を確認する。洞から樹液が染み出している。樹液の出ている所にお目当てがいるのだ。

「おった！」

克也が歓声を上げた。慎重に洞から手を引き抜き指で掴んでいるカブト虫を進に見せた。

「すごーい！　オスやあー」

「おお。おっきい角やなあ」

「戦車みたいや」

「ああ。日本の強い戦車や」

「向かうところてきなしやな」

その会話を聞きながら「克也」は苦笑した。

（日本の戦車はそんなに強《つよ》ないんや）

進は別の木を探し始めた。クヌギは何本もある。カナブンがたくさんいる木にメスのカブト虫を見つけた。

「メスやけどつかまえた」

「メス大事なんや。メスおらんかったら卵産めやんさかえな」

「たまご？」

「そうや。卵から幼虫にして大人のカブト虫にするんや」

「そんなことできんの？」

「ちょっと難しけどな」

「おもろそうやな」

「進は何でも興味持つなあ」

「克也さんすることやったら、やってみたいだけやで」

二人を見ながら「克也」は思った。

(俺らは叔父と甥なんかとちごて、ほんまに仲のええ兄弟みたいやったんやな)

克也は木の下の土を掘り始めていた。進も克也を真似て掘っていた。

そのとき二人の頭上にブーンという羽音が響いた。克也が見上げて小さく叫んだ。

「進。そのまま静かに木から離れよ」

「なんで?」

「敵襲!」

「てきしゅう?」

「スズメバチや!」

「ええーっ」

「手ぬぐい、頭に巻け」

スズメバチは黒い物を好む。二人は頭に手拭いを巻き、そうーっと後ずさった。カブト虫が好む樹液はスズメバチの好物でもあった。樹液の周りにはそれ以外にもたくさんの虫が集まり餌場争いを繰り広げていた。

（石油の権益争いしてる人間みたいやな）

虫たちは、自らの生存と子孫を残すために餌場争いをしている。人間も自国の権益確保と、さらにそれを伸ばすために争っている。

（人間も虫と同じか）

「克也」はため息をついたが、もう一度林に目をやったとき、二人の姿はそこにはなかった。

二人はずっと遠くの池の堤にいた。季節は冬になっていた。

（進は年二回、夏と冬に来るんやったな）

池は二年に一回冬期に水を抜いて補修するのが慣例であった。克也の目当ては少なくなった水の中を逃げ回る鯉や鮒や亀だ。

「うわあ」

進が思わず声を上げている。

「すごいやろ。大漁や」

池の魚は業者に払い下げられることになっているから、子供が自由に捕まえるわけにはいかなかったが、おこぼれを頂戴できた。中には気前のいい大人がバケツに、

「ほれ、これ持っていけ」

と言って小さな鯉を入れてくれることもあった。

「亀やったら勝手にとってもええんや」

克也は冷たい水に膝まで浸かり大きな亀を捕まえようとしていた。水から頭を出した亀はまるで潜水艦のようだった。進も水に入って亀を捕まえようとする。

「進。気いつけよ。水の中に何あるか分からん。お前は入るな。おれ捕ったやつ受け取

れ」

池に放り込まれているビンや缶のことを克也は言っていた。

（そうなんや。俺はいつも進を気にかけてたんや。甥とか弟みたいとか、そんなんと違《ちご》て俺は進が好きやった。いつも進を守ろうとしてたんや）

バケツにいっぱい獲物を入れた二人は楽しそうに帰っていく。

（そしてそれは今も同じや。俺は戦って死ぬ。あとは進を見守ることにするわ）

「克也」の目から二人の姿が消えていった。

「克也」の耳に砲撃音が蘇り、火薬の匂いが鼻を突いた。

――「克也」の意識が戦場に戻った。

克也がゆっくりと体を動かした。

「伍長。大丈夫ですか？」

通信手が大きな声で叫んだ。

「ああ。ふうー」

克也は大きく息を吐いたあと聞いた。

「俺はどれくらい気を失っていた？」

「十数秒くらいです」

「十数秒？　そうか」

克也にはそれは一年にも二年にも感じられたくらい長いものだった。

「伍長。出血は大丈夫ですか？」

操縦手が自分の額を指しながら聞いた。

「出血？」

克也が額に手を当て確認した。

「ああ、大したことはない。よーし、今から残りの弾全て出血大サービスだ。通信手。最後の一発になったら教えてくれ」

「分かりました」

操縦手が振り返り微笑みながら言った。

「伍長の考えていることは分かりますよ」

銃眼を覗いていた克也が、目を操縦手に向けた。

「俺の考え？」

「最後の一発になったら戦車から降りろと、伍長は自分たちに言うつもりでしょう」

「ほう。よく分かったな」

「これでも女房役ですから」

「最後の一発は俺の私的な戦いに使う。お前たちを連れていくわけにはいかん」

「突き詰めれば、戦いは全て私的なものではないですか。国と国との戦いもそうだと思います。自分の場合はお国のためと言うのは建て前で本音は家族のためです。家族のためなら死ねます。一緒に逝かせてください」

克也は黙って引き金を引いた。

「命中！　敵砲身、吹っ飛びました！」

通信手が叫んだ。

「伍長。伍長の弾は全弾命中しています」

味方戦車部隊の一斉砲撃はすでに不可能となり、個別の砲撃になっていた。

敵味方の戦車の砲身を引き結んだ線上を互いの砲弾が真一文字に飛ぶ。砲弾と砲弾がその線上でぶつかり合うこともあった。西南の役のおり、田原坂の戦いで西郷軍と官軍の銃弾がぶつかり合ったようなものである。操縦手の話を聞きながらも克也は引き金を引く手を緩めなかった。

「伍長。自分も最期まで伍長と一緒です」

通信手が叫んだ。

「自分たちは三人一体で戦ってきました」

「それを言うなら三位《み》一体だ」

克也が言った。三人は声を揃えて笑った。

「三羽烏とも言いますね」

「俺たちはカラスか。そう言えば和歌山の熊野に三本足のカラスがいたそうだな」

「初代天皇の遠征のときの話ですね。学校で教わりました」

「ああ、神武天皇を大和に導いたカラスだ。ヤタガラスと言ったかな」

「自分たちもそのカラスになりましょう」

克也の砲撃は続いていた。全弾ほぼ命中。まるで戦いの神が舞い降りたかのような砲撃だった。克也の左右のチハは次々と撃破されている。克也のチハだけは未だ無傷だった。これも神懸かっていた。しかしそれには訳があった。克也のチハの操縦手の絶妙な操縦技術。敵の砲弾をコンマ・ゼロのタイミングで躱《かわ》している。もちろん克也はそれに気づいていた。だからこそ女房役として全幅の信頼を寄せていたのだ。

「伍長！　最後の一発です」

「よし。──お前たち、本当にいいのか」

「操縦と砲撃、一人で二役は伍長と言えども不可能です」

「そうです。最後まで伍長の下で戦わせてください」

「よーし、分かった。通信手、本部に連絡だ。『我、これより突撃す』。操縦手、敵M４戦車に向けて、全速前進！」

「了解」

M４戦車までの距離は五百メートルを切っていた。チハの最高速度は時速四十キロ。四十秒で達する。砂塵を巻き上げチハが激走を開始した。

「山下司令官の命令に違反することになる。俺たち三人、軍法会議ものだな」

「いまさら、軍法会議を開いている時間も人員もないでしょう」

「ハハハ、そうだったな」

「ええ。伍長とともに戦ってこられて良かったです」

「世話になったな」

「いいえ。自分こそお世話になりました」

「ああ。よく戦ってくれた」

（これが俺の贖罪と再生や）

Ｍ４戦車の砲身が火を噴いた。間一髪操縦手が砲弾をかわす。Ｍ４戦車が眼前に迫った。

「伍長オーッ！」

通信手の叫びとともにチハは突っ込んでいった。克也が引き金を引く。一際《ひときわ》巨大な爆音がサンホセのカバナツアン道に轟き渡った。

# 八章

昭和二十年一月三十日、連隊長井田君平大佐戦死。第六連隊の戦車隊は壊滅。ここにおいて、精強を誇った戦車第二師団は全滅した。生き残った将兵は山下司令官のいるバギオに撤退することになった。

戦車第二師団全滅の詳報は、進の耳にも入った。克也の最後の突撃については、自決や玉砕を禁じた山下司令官の命令の手前、大っぴらには語られなかったが、心ある将兵の間では皇軍の鑑と称えられていた。そのような評価を克也が望んでいないことを進は知っていた。敵兵の命を奪い続けてきたことを克也は悔いていた。それは戦争の罪であって克也の罪ではない。戦う術を無くしたときが自分の戦闘の終結であり、それまでの罪を贖《あがな》うときだと達観した突撃だったのだろう。最後に会ったときの克也の目を進は思い出していた。あとは進を見守ると語っていた目を。

戦車第二師団を撃破した米軍はマニラに入った。山下司令官が回避すべく尽力したマニラでの市街戦は一か月に亘って続いた。マッカーサーが星条旗をコレヒドールの宿舎に掲揚したのが三月二日。その後ただちにマニラの東方山塊に布陣している振武集団の撃滅作戦を開始した。

尚武集団を北方に蹴散らし、建武集団を一掃し、日本陸軍最強の戦車第二師団を全滅させ、マニラも制圧した。あと残る振武集団など何するものぞと侮る思いが米軍将兵に満ちていたとしても不思議ではなかった。もはや武器弾薬はあるまい。食糧の補給もないはず。一突きすれば自然に自滅していくものと高を括っていた。それでもマッカーサーが差し向けた兵力は三個師団。対する振武集団の主力は横山静雄中将率いる第八師団だった。寒冷地の青森弘前出身の部隊がこのような南方戦線に投入されるとはまさに想定外であったろうが、それ以上の想定外の事態が米軍の前に展開することになる。

山下司令官は当初よりマニラ市街戦は避ける算段であった。マニラの守備に就いている海軍陸戦隊は振武集団に合流させ、食糧や武器弾薬などはバギオ以北のカガヤン渓谷に運ばせ、その地での徹底抗戦を企図していた。しかし、海軍陸戦隊が頑迷にそれに抵抗。マニラでの市街戦に突入してしまったのである。ただ、その混乱の最中、以前レイテ決戦の折にマニラまで搬送され、輸送船のないまま放置されていた迫撃砲二十四門、砲弾一万発が振武集団の立て籠もる山塊に運ばれていた。市街戦を回避しようとしていた山下司令官にしてみれば、このような強力な砲門をマニラで使うことはできない。できればバギオ以北、カガヤン渓谷に運ばせたかっただろうが、もはやその運搬手段がなかった。仕方なくマニラ近郊の振武集団が立て籠もる山塊に運び上げることになったわけだが、その決断の裏には主計大尉としての進の働きがあったことはあまり知られていない。

十二月二十五日、米軍のクリスマス休暇の日。各集団の兵科、主計科、通信科の将校が数人ずつ司令官の下に参集した。その折、進が司令官に進言していたのだ。北部の尚武集団までの運搬手段はない。西部の建武集団では渡河中に爆撃されるおそれがある。残るは振武集団のみ。かくして迫撃砲二十四門、砲弾一万発が振武集団に配置されたのであった。

米軍の進攻が始まったのがマニラ陥落直後の三月初め。山塊の頂上に星条旗が翻るのは五月半ば。砲弾、銃弾、食糧が尽き、振武集団は撤退のやむなきに至る。しかし、敵側損害も甚大であった。師団長戦死。連隊長戦死。十分の一以下の兵力で敵を撃退し続けた振武集団の凄まじさ。武器弾薬が同等であれば日本軍は決して負けない。それが振武集団の戦いにおいても実証された。この後、振武集団の残存兵力はバギオからバンバンに後退した司令部に向かい、カガヤン渓谷に繋がるサラクサク峠、バレテ峠を守備することになる。
マニラが陥落し、ラウレル大統領が日本に亡命。フィリピンだけに限れば、この時点で戦争は終結していた。いや、フィリピンだけではない。フィリピンが敵の手に落ちたと言うことは、南方からの資源が日本に届かないことを意味する。ということは日本全体の継戦能力が失われてしまったことを意味するのと同じであった。しかも、山下司令官以下、第十四方面軍将兵が口癖のように連呼していた「本土に敵を近づけるな」という言葉は、彼らが死力を尽くして戦っていたその頃、すでに空念仏となっていたのだ。

二月十九日　米軍硫黄島上陸
三月十日　東京大空襲
三月二十六日　米軍沖縄上陸
四月七日　戦艦大和沈没

マッカーサーをマニラに釘付けにしてはいたが、その矛先はじわじわと確実に日本の喉元に迫っていた。通信手段を無くした第十四方面軍将兵たちはそれを知る由もなかった。

# 九章

北部カガヤン渓谷の穀倉地帯を足掛かりとして徹底抗戦を企図する山下司令官の思惑を察したマッカーサーは、その渓谷に通ずるサラクサク峠とバテレ峠に軍を進めた。峠のこちら側と向こう側とで押しつ戻しつ鎬《しのぎ》を削る一進一退の激しい攻防は七月半ばまで続いた。しかし、この峠が突破された時点で日本側の組織立った戦闘は終結。あとは自活によるゲリラ戦しか抵抗手段は残されていなかった。

司令官はバンバンの司令部に残存将兵を集め訓示した。

「残念ながら峠は落とされた。明日にも米軍はここに迫ってくるだろう。動ける者は私とともにこの陣地に留まり戦闘を続けてくれ。ここが落とされたときは各自ゲリラ戦を展開しろ。自決や玉砕は許さん。生きて戦い抜け。諸氏の一日一日が、日本の一日一日となる。一日でも長く生きて戦ってくれ」

残存軍には将兵のみならず日本の民間人もいた。多くはマニラから着の身着のまま逃れてきた人たちだった。負傷発病している者もいた。それらの者たちは少しでも早く少しでも北へ逃れていかなくてはならない。食糧の調達もままならぬ中、医薬品などあろうはずがなかった。ひたすら北へだけが希望だった。しかしそのときにはすでにルソン島の北端アパリに米軍の降下部隊が展開していた。それを彼ら彼女らが知ったとすれば、もはや絶望以外の言葉はその口からは出てこなかったに違いない。いや、そんな言葉を発する力すらすでに失っていたのだが。

民間人の出発を見届けた司令官がもう一度将兵に目を向けたとき、見覚えのある若い士官が目に入った。司令官は士官に近づき声をかけた。

「中村主計大尉、生きていたか」

別人のように痩せていたが、進の目には力があった。全身鋼のような逞しさが感じられた。

「中村伍長のことは聞いた。残念だった」

敬礼をしたのち進は答えた。

「自己矛盾を解決する唯一の方法であったのだと思います」

「自己矛盾？　……、なるほど。砲撃の名手ゆえの、人としての葛藤が伍長にはあったということだな」

優れた指揮官であった司令官は、進の言葉の意味を瞬時に理解した。

「はい。そして、それと同時に伍長は甥である自分とともに生きる道を選んだのだとも思います」

「君たちはよほどに強い絆で結ばれていたようだな」

「自分は戦い抜きますが、もし自分が死ぬようなことがあれば、そこが俺の戦死地にもなると伍長が言っているような気がします」

「生きて戦い抜いてくれ。よろしく頼む」

司令官は会うたびにこの若い士官の真情に心打たれる思いがしていた。

「我々の戦いに誤りがあったとしたら、それは何だったと思うかね」

「それは……、一主計大尉の申し上げることではありません」

「もう今更、司令官も主計大尉もないさ。これからはただのゲリラだ。過ちがあれば、それは正さなくてはならない。言ってくれ」

司令官の側には、いつものように武藤参謀長が付き従っていた。進に一目置いている参課長も促すように頷いてみせた。進は口を開いた。

「敵のはかりごとを断ち切れなかったことだと思います」

「それは――、謀略を見抜けなかったということか。つまり諜報戦だな」

「そうです。三年前、米軍がフィリピンを撤退するときには、かなりのスパイ網を構築してあったはずです。我々は見事にその網に掛かりました。網を切ろうとすればするほど、網にからめ取られてしまいます」

「抗日ゲリラのことだな」

「はい。夜間、闇の中で襲撃されれば反撃もします。しかし、昼間彼らはただの民間人の顔をしているのです。民間人を撃つことはできません。その村で夜間襲撃されたからといって、昼間その村の者全てをゲリラとして殺害するわけにはいきません。ゲリラは米軍の手先として飼い慣らされてきたのかもしれませんが、我々の三年間の統治上の失敗と言えるかもしれません。統治が成功していれば生まれてこなかったゲリラもあるでしょう。そんなゲリラ全てを米軍と一体の者として、同様に攻撃するわけにはいかないと思います。ゲリラの掃討はさらなるゲリラを生むだけです。いや、すでにフィリピン全土がゲリラ化していると言ってもいいかもしれません。しかし、だからと言ってその網を断ち切ろうとすればするほど、さらに網の目は細かく強力になり、我々をがんじがらめにしてしまうことになるのです」

「わしのような古い頭では分からんところもあるが、これからの日本を作っていく上ではそのような考え方も必要なのかもしれんな。我々はインドシナでは解放軍として歓迎された。しかし、フィリピンではそうではなかったということだな」

「米軍の周到な謀略の成果だと言うこともできると思います」

「なるほど。謀略戦か。『上兵は謀《はかりごと》を伐《う》つ』ということは大昔から言い古されてきていたことだったがな。武器弾薬で劣り、謀略諜報で遅れを取り、我々にあと残されているものはあるか？」

「国を思う気持ちです。それがある限り、国は滅びません。仮に占領されたとしても、その気持ちがある限り民族は滅びません。民族がある限り国は必ず再生します。叔父が自分の中で生きようとしたように、我々の戦いは日本の再生に必ず活かされるはずです」

司令官は我が意を得たりと莞爾と笑った。

「我々は降伏を認められてはいない。捕虜になるくらいなら死を選べと、玉砕か自決を求められてきた。しかしわしは、それらは潔く見えるだけで敵に負けるということでは降伏と変わらないと思っている。生きて負けるか、死んで負けるかの違いでしかない。生きて負けるのが恥で、死んで負けるのが潔いとすれば、今は日本人全てが死に絶えなければならない。そんなことを真面目に言ってるやつらもいるがな」

「司令官。お言葉が……」

参謀長が慌てて遮ろうとした。

「構うもんか。現地を知らん大本営のやつらの言ってることだ」

「自分もそう思います。サイパンが陥落したあとの本土が無事だとは思えません。我々の戦いはもはや本土防衛の役に立っていないかもしれない。しかし、自決や玉砕は敵を利するだけです。生きて戦い抜いてこそ日本再生の役に立てると思います」

「生きて戦い抜けば、国への忠と親への孝が両立できそうだな」

「はい」

「君には伍長のような自己矛盾はないか」

「ありません。武人ではなく百姓だと言っていた叔父は、敵の兵隊をもそういう気持ちで見ていました。自分は軍人です。武人であるとも思っています。国のために敵と戦うことに矛盾はありません。ただ、敵側とは言え、民間人を手に掛けることだけはあってはならないと思っています」

「民間人を殺害してしまうことが、君にとっての自己矛盾であり、葛藤になるというわけだな。それはわしも全く同じだ」

マニラの市街戦のことを思い返しているのだと思ったが、進はそれを口に出さなかった。司令官は市街戦を避けようとしていた。しかし、一か月に亘ってそれは行われてしまった。老若男女、多くの民間人の命が失われた責任が、司令官になかったとは言い切れない。

「指揮官としての君の働きは、やはり目を見張るものがある。君の部隊は戦死者は少なく戦果は大きい。初めから兵科の指揮官であってほしかったと本当に思うよ」

「いいえ。自分は先鋒でも次鋒でも、副将でも大将でもなく、やはり中堅です。今は先鋒も次鋒も倒れてしまいましたので、自分に与えられた任務を果たしているだけです」

進はこれほど長く司令官と言葉を交わすことになるとは思っていなかった。司令官が進のことを息子のように感じていたのと同じく、進も司令官のことを父親のように感じ始めていたからかもしれない。もしかすると、司令官の顔を見るのはこれが最後になるかもしれないとの思いが心のどこかに働いていたのかもしれない。いずれにせよ、十分な兵力と武器弾薬食糧をこの司令官が付与されていたならば、自分たちの今日は全く違ったものになっていたに違いないという思いが、進の中に強く残ったことは間違いなかった。

米軍は満を持して攻勢を掛けてきた。司令部の陣地はそれをついに持ち堪えることはできなかった。生き残った者はイサベル州を北へ、あるいは山中へと活路を求めた。

進の部隊もカガヤン川沿いを北へ下っていった。雨期ということで川水は多かった。左右、西東に山並みが見渡せるカガヤン渓谷。ここは紀ノ川平野に似てるなあ。進はそう思った。川の流れる方向や左右の山の向きは違ったが、それ以外は懐かしい景色にそっくりだった。ただ、背の山とおぼしき山だけがなかった。

和泉《いずみ》山脈の最高峰葛城《かつらぎ》山から下る北側の稜線と、紀州富士竜門《りゅうもん》山から流れる南側の稜線とが尽きる辺りに、小さいながら両者に劣らぬ存在感を発出している背の山。その背の山から昇る朝陽を見たときの感動は今もはっきり覚えている。背の山のような生き方をしようと思い定めた少年の日以来、これまでの生き方に疑問は感じていない。カガヤン渓谷を行く進の胸に更なる闘志が漲《みなぎ》っていた。

# 終章

克也と進の戦死広報が届いたのは終戦から一年後。昭和二十一年八月だった。二人分同封されていた。雄一の和歌山の家屋は一年前の七月九日深夜から十日未明にかけての空襲で全焼。一家は粉河の実家に戻っていた。

「一枚の紙で連れていかれて、また一枚の紙で……」

亀菊は目頭を覆った。その側には進の広報を見つめたまま肩を震わせているチカノがいた。

「生きて捕虜になることに比べたら――」

自分を鼓舞するようにそう言った雄一の言葉は、家族の重い沈黙に押し潰された。

何年か過ぎた夏の日、数人の男たちが中村家を訪れた。立ち居振る舞いから軍籍に身を置いていたことが窺い知れた。いまだ二人の位牌の収められていない仏壇に深々と頭を垂れたあと、男たちは改めて口を開いた。男たちが語ったのは克也と進の最期だった。

辛い話を聞かせることになるが伝えなければならない。思い悩んでいたが、やはり伝えることが自分たちの務めであると思い至った。そう前置きをして男たちは語り始めた。

克也の最期については聞いた話だということだった。しかし、その話が進むにつれ亀菊の顔は土気色に変わり、赤くなった目頭を両手で抑えうずくまってしまった。

進については現場にいた話だった。イサベル州の「アキヤマ」という村に食糧の調達に赴いた。いつも通り軍票で購入するつもりだった。しかし、村人は「戦争は終結している。それはただの紙切れだ」と主張した。我々と村人との言い争いが小競り合いとなり、主計大尉はそれを止めようとしていたが、何者かが発砲した銃弾が主計大尉に当たってしまった。犯人は分からずじまいだった。戦争終結後の混乱時期であり、刑事事件とするにも敗戦国の主張が入れられる状況にはなく、やむなく戦争継続中の戦死として扱われてしまった――。

物音が消え、時の流れも止まってしまったのではないかと思われた長い沈黙。それを断ち切ったのはチカノの言葉だった。

「お暑い中お越しくださった上、貴重なお話をありがとうございました。たった今、二人が帰ってきました。やっと戦争が終わりました。克也さんと進とは、とても仲の良い叔父と甥でした。進は背の山が大好きでした。背の山を見るたび、大きな峰が克也さんで、小さな峰が進に思えたものです。今日からは、背の山を二人だと思って眺めます」

男たちは門前でも深々と頭を垂れて去っていった。

雄一は二人の位牌をついに作った。

中村克也　昭和二十年一月十九日没
於 比島イサベル　行年二十六歳

中村進　昭和二十年八月十日没
於 比島アキヤマ　行年二十三歳

# 付記

中村進

昭和二十年八月十日没　於 比島アキヤマ
行年二十三歳
生年月日　大正十一年五月四日
出身地　粉河町下丹生谷
遺　族　中村雄一
階　級　陸軍主計大尉
勲　章　正七位勲六等単光旭日章
法　名　大覚院義烈進倫居士

昭和十五年三月和歌山県立和歌山中学校より陸軍経理学校に進み、昭和十九年四月同校卒業後直ちに陸軍主計少尉として青森県弘前第五十八旅団に配属され比島ルソン島の太平洋戦争決戦場に進出、翌年一月リンガエン湾に上陸した敵は猛砲爆撃と大量の戦車を先頭に厖大《ぼうだい》な物量と兵員を以って侵攻し来り我が方は弾薬・食糧極度に欠乏し悪戦苦闘を続ける中飢えに苦しむ将兵の為主計の責任遂行のため夜間食糧収集中敵襲を受け壮烈な戦死を遂ぐ。

「和中在学中剣道三段、全国中学剣道大会団体の部で二度優勝連覇し陸軍経理学校では随一の剣の達人と評された」

（粉河町戦没者遺芳録）

## 中村克也

昭和二十年一月十九日没　於 比島イサベル
行年二十六歳
生年月日　大正八年十月三日
出身地　粉河町下丹生谷
遺　族　中村雄一
階　級　陸軍伍長
勲　章　勲八等白色桐葉章
法　名　本覚院克法誠居士

昭和九年川原尋常高等小学校を卒業し農業に従事していたが、昭和十六年三月姫路中部第四十九部隊に応召入隊し関東軍に編入され北満の地で国境警備とし野砲部隊に配属、更に戦車部隊に転属し戦車隊第二師団として比島ルソン島に派遣となり敵の猛爆と数倍からなる優勢なる敵戦車との交戦中に昭和二十年一月十九日被弾し、ルソン島イサベル州にて壮烈な戦死を遂ぐ。

（粉河町戦没者遺芳録）

# 竜門橋　大工の棟梁と米軍艦上戦闘機の戦い

## あらすじ

戦争末期の昭和二十年、サイパンを飛び立ち、関西地区を爆撃する米軍のB29大編隊は、潮岬《しおのみさき》を目標に北上してきた。潮岬と京阪神を結んだ線の真下に、亀蔵《かめぞう》たちの竜門《りゅうもん》村は位置している。

大工の棟梁である亀蔵は、洪水に流された竜門橋を再建した祝いの日、米軍機に銃撃される。亀蔵の娘、桃子《ももこ》とその同級生の梅子《うめこ》も銃撃を受けた。

復讐を誓った亀蔵は、大工の技術を駆使した「迎撃機」を作る。亀蔵と米軍機との一騎打ち。九死に一生を得た桃子も父の亀蔵を助ける。

米軍機との対決は一勝一敗。桃子の言葉にヒントを得た亀蔵は、和歌山城下の花火師の力を借り、最後の戦いに挑む。しかし、亀蔵の中では戦いの目的が大きく変わろうとしていた。

# （一）

国民学校の行き帰り、桃子はいつもその羊を見ながらその場を通っている。内川の堤の土手に打たれた杭にひもで繋がれ、うまそうに草を喰っている一匹の羊。羊のいる場所は日によって違う。杭を打たれている場所が変わるのである。杭を中心とした円内の草を喰い尽くせば、飼い主が杭の場所を移動させるのだ。

草を喰っている羊の顔を飽きることなく桃子は眺める。羊顔という言葉があるのかどうか桃子は知らないが、もしあれば、それはこの羊のような顔だろうと思う。優しげな穏やかな顔。体を覆っている毛は、もふもふとして柔らかそうだ。触ってみたいな、あの毛の中に顔を埋めてみたいな、あの毛を抱き締めてみたいな。羊に乗って駆けている自分を想像することもある。

堤はその上が道になっていて東西に真っ直ぐ伸びている。その道を羊に乗ってまっしぐらに走れば、どんなに気持ちがいいだろう。羊を眺めながら、桃子の妄想は果てることなく膨らんでいくのだ。

その日、桃子はいつものように羊のいる堤の道を帰っていた。近所の同級生の梅子と一緒だ。羊のいる場所まで来たときだ。桃子は大変なことに気づいた。

羊が、いない。杭は、朝見た場所に確かに打たれている。どうしたんかな？　今日はもう飼い主が連れて帰ったんかな？　梅子ときょろきょろ辺りを見回してみるが、羊はどこにもいない。やっぱり連れて帰られたんやと思ったときだ。

「あんなとこにいてるー！」

梅子が指さして叫ぶ。梅子が指さしているところは、桃子が探していたのとは反対側の土手だ。羊はいつも内川に面した側の土手に繋がれている。だから桃子は、内川側の土手ばかり眺めながら学校に通っているのだ。

学校から帰るときも内川側の土手を眺めながら帰る。羊がそこにいると思っているからだ。しかし今、羊は杭だけを内川側に残し、ひもを引きずった自由な体になって内川と反対側の土手にいるのだ。

つまりは、逃げた？　これはチャンスや！　桃子は小躍りしたいほどの興奮状態になった。桃子はランドセルを梅子に預けて走った。

乗れるど。羊に乗れるんや！　桃子は反対側の土手を勢いよく駆け降りていく。草に足を取られ勢い余ってズテーンッと転んでしまって、起き上がったところがすでに羊の足元だった。手足といい、顔といい、あちこち草で切り傷だらけになっているが、そんなことは構っている場合ではない。羊に逃げられてしまっては何にもならない。

まずはしっかりと羊のひもを握りしめる。突然現れた変な娘に驚くこともなく、羊は相変わらずのんびりと草を喰うている。その様子を見た桃子は、まずはあいさつをと思って羊の顔をのぞき見る。

「えへへ、羊さん。こんにちは。今日はどうしたん？　こっちの草を食べたくてひもを外したん？」

そんなことが羊にできるはずはない。おそらく何かの弾みでひもが解けてしまったのだろう。しかし、そんなことは桃子にはどうでもいい。ただ単に、我が身に舞い込んだ幸運に感謝したいだけだ。

「羊さん。あたしがお家に連れていってあげるね」

なんて勝手なことを言いながら、やおら羊にまたがってしまう。堤の上では梅子が目を丸くして驚いている。

「ももこおー。何してんのよおー」

しかし、そんな梅子の声は、今の桃子の耳には届かない。なにせ念願の羊についにまたがったのだ。

「うわあー、気持ちええー。もふもふやあー。雲の中にいるみたいー」

桃子は夢中だ。羊はというと、そんな桃子に驚くでもなく相変わらずモグモグ草を喰っている。

「ねえ、ちょっと。動いてよ。走ってて！」

桃子がいくら頼んでも、羊は動いてくれない。

「ももこおー。なにやってんのお？　もう帰ろう」

「だってえー。羊に乗って走りたあーい」

そのとき、堤の向こうから農夫のおじさんがこちらにやってくるのが見えた。

「ももこおー。おじさん来たよおー」

しかし、梅子の声は、羊を動かそうと懸命に取り組んでいる桃子には届いていない。おじさんが梅子の近くにやってくる。

「こらあー！　お前ら！　何やってる！」

おじさんの大きな一喝が辺りに響く。

（ほら、言わんこっちゃない）

梅子は、ばつの悪そうな顔をしておじさんを見るが、桃子はそれどころではないと羊にくらいついている最中だ。仕方なく梅子はおじさんに嘘をつく。羊が逃げていたので友達が捕まえたんやけど、あの通りで羊が動いてくれないんやと。梅子の言葉を聞いたおじさんは、急に態度を変えて機嫌が良くなった。

「そうか。そうやったんか。それはすまんかった。怒鳴って悪かったな」

おじさんは土手を下って羊と桃子の所に近づいていく。

（やれやれ。ほんまに桃子は世話の焼ける）

梅子のため息が堤の風に吹かれていく。


家に帰ってしばらくして、先ほどの農夫が現れた。

「うわっ！」

庭で遊んでいた桃子は、思わず納屋に隠れようとする。

「ももこおー。かくれやんでええって」

家にランドセルを置いてから遊びに来ていた梅子が言う。

「だってえー」

「いいから、いいから。おじさん、おこりに来たんとちゃうって」

農夫は長屋門から庭に入ってくる。

「おまんら、さっきはすまなんだな。ありがとうやで。お母さんはおるかえ？」

「にっ、西の、はっ、畑に、いてる」

桃子がかろうじてそう言うと、

「そうかえ。ほんなら、ちょっと行ってくるかな」

農夫は長屋門から出ていった。


「梅ちゃあーん。ありがとうなあ。おかげで助かったわ」

桃子はガクッと首を垂れて梅子にお礼を言う。

「いいって、いいって。でももう、二度とやったらあかんよ。桃子は何するかわからんなあ。気いつけてよ」

「すんません」

桃子は素直にまた頭を下げている。そういう桃子のことが梅子は好きだ。

「でもなあ。あのおじさんはだませたけど、うちのお母ちゃんは無理やろなあ。トホホ」

「そうやなあ。桃子のお母さんは何でもお見通しやさかえなあ。まあそこは自分で何とかするしかないなあ」

「そんなあ。梅ちゃぁーん。助けてー」

「もう。困ったなあ。でも、桃子の家の中のことまであたしには無理よ。やっぱり自分でなんとかしい」


桃子の家は竜門山の真下にある。竜門山はここらでは紀州富士と呼ばれている。

（いったいどこが富士なんや！）

小学校で本物の富士山を学んだときに、桃子は竜門山のことをそう思った。家の庭から見上げれば、ずんぐりむっくりとしたまるで牡牛の背中のような形をしている。小学校の遠足といえば決まって竜門山登山だ。

（やりきれやんわ。毎年こればっかかり。もっとほかのとこに行きたいわ）

桃子が行きたい所は紀ノ川の北側だ。紀ノ川の北には汽車が走っている。その汽車に乗って和歌山の方に行ってみたい。和歌山には海がある。その海を間近から眺めてみたいのだ。

竜門山に登るたび和歌山の方を見る。遠くの方にかすかに海らしいものが見えるが、雲のかかったときなどは全く見えない。船が海に浮かぶ情景に憧れていた。しかし、紀ノ川の北に行くためには橋を渡らなくてはならない。その橋が洪水のたびに流されてしまい、紀ノ川を渡るには浅瀬を膝まで浸かって歩くか、渡し船に乗るしかない。遠足に行くまでに膝まで川に浸かるなんてあり得ない。大勢の小学生が一斉に渡し船に乗るなんてこともできるはずがない。

橋は一度流されてしまうと、その架け替え作業は何か月もかかってしまう。以前は金属製であったが、戦時中の今は木製だ。大工が何か月も掛かって作業をする。その作業をする大工の棟梁が桃子の父親の亀蔵だ。桃子は父親を尊敬している。父親の仕事の大工にも憧れている。腕一本で、便利な家具や、大きな家や、巨大な橋まで造ってしまう。

亀蔵は今、去年の台風で流されてしまった竜門橋の架け替え作業をしている。橋があるから竜門村の人たちは安心して紀ノ川を渡ることができる。みんなのためになる仕事をしている父親のことを桃子は誇りにしていた。

母親の鶴子《つるこ》は桃の栽培をしている。桃子の家は代々桃農家だ。亀蔵は入り婿だ。桃子の母の作る桃はとてもおいしい。竜門の土地が桃の生育に適していたこともあるが、鶴子の丹精込めた栽培技術も大きい。桃子は母の作る桃が大好きだ。そのおいしい桃から名付けられた自分の名前も大好きだ。

桃子の家は代々女系家族だ。男子が生まれない。桃子の上には三人の姉がいる。つまり桃子は四姉妹の末っ子なのだ。長女の星子《ほしこ》はしっかりしていて働き者。桃農家を継ぐべく母と一緒に毎日畑で汗をかいている。次女の月子《つきこ》は月からやってきたかぐや姫のような美人。女学校を出てからは洋裁を勉強している。三女の花子《はなこ》は大人しく控えめな女学生。マイペースな性格で四女の桃子のよき理解者となっている。四女の桃子は好奇心旺盛で何にでも興味を示し、何にでもすぐ手を出しては失敗を繰り返す目の離せないお転婆娘。今日も失敗して帰ってきたばかり。

桃子の家では、朝はそれぞれに都合のいい時間が違ったから、みんな一緒にご飯を食べるわけにはいかない。昼ももちろん別々だが、晩ご飯は全員が揃って食べることにしている。ということは、一番遅く帰ってくる者に合わせて、晩ご飯の時間が決まるわけである。

一番遅くなるのはいつも亀蔵だ。亀蔵が帰ってきて一風呂浴びてから、やっと全員が晩ご飯にありつけるのだ。

食べ盛りの桃子にとって、その待ち時間は時にはかなりきついこともあったが、何ごとも慣れるということはすごいもので、幼い日から当たり前にしてきたことは、それほど苦痛に感じない毎日である。亀蔵の方も心得たもので、仕事終わりに仲間と一杯など引っかけに行くことはせず、真っ直ぐ帰宅する。特別に呑みに行くときは、晩ご飯を終えてから仲間のいる店に合流するといった行動を取っているから、家族にとっては有り難い。しかし、一旦呑みに行けばその日のうちに帰るようなことは決してない。それでも次の日の仕事に差し支えさせることはないから、さすがは棟梁だと弟子たちからは尊敬されていた。仕事ができて、家族を大事にし、弟子とのつき合いも疎かにせず、次の日の仕事に穴を空けない。そりゃあ、尊敬されますよ。

亀蔵が帰ってきた。晩ご飯は花子が用意している。お風呂は桃子が沸かしている。亀蔵がお風呂から出ると晩ご飯がいただける。

「いただきまあーす」

亀蔵が早く帰ってきてくれるから、晩ご飯もそれほど遅くなることはなくいただける。田舎のことだから大概のものは自家栽培。お米に野菜に鶏肉。魚は亀蔵が休みの日に紀ノ川で釣ってくる。日用品は近くの雑貨屋で手に入る。

昭和二十年五月。戦争による物資の不足によって都会では配給制となっているが、田舎の百姓家は比較的食糧には余裕がある。育ち盛りの娘たちを抱えてはいるが、それでも食事の面では鶴子にさほどの苦労はなさそうだ。

苦労といえば、少々無茶な仕事でも村のためなら嫌とは言わず引き受けてしまう亀蔵と、何にでも興味を起こしてしまい、何をするか分からない桃子の行動監視だ。亀蔵のことは星子にも頼み、桃子のことは花子に任せているが、最終的には鶴子と月子がしっかり二人の手綱を絞めないことにはどうしようもない。それがまた、今日も起こってしまった。

「桃ちゃん。今日は羊に何したん？」

鶴子は全て分かっていますよという顔で桃子に尋ねる。

「逃げた羊さん、つかまえたげたん」

「捕まえてどうしようと思ったん？」

「う、うーん。……」

「ほらもう、分かってしもた。あんたは嘘言い切れやん。そこだけがあんたのいいとこやさかえな」

「ううーん」

「逃げた羊捕まえよとして、羊に乗ったそうやなあ」

「う、うん」

「それ、捕まえよとしてたんと違《ち》ごて、はなから羊に乗っちゃろ思てたんとちゃうん？」

「ん、んーん」

「ほれみてん。そんなこっちゃろと思た。大人し羊やさかえに良かったけど、気性の荒い羊やったらえらいことになってるで。ほんまにもう。みんなも何か言うたって」

「学校へ行く途中で川に入ったり」

これは星子。

「学校の中庭の松の木に登ったり」

これは月子。

「虫とってて帰ってこんかったり」

これは花子。

「お父さんも何か言うてやってください」

チビチビと独酌している亀蔵は、とうとう自分に鉢が回ってきたかと思いながら、もう一杯口に運んだあとで言う。

「まああ、ええやないか。いろいろやらかすんは、何でもやる気のある証拠や。誰か他人様を傷つけたわけやないし。本人も大きな怪我してるわけやない。学校でせんなんことも怠けやんとやってるみたいやし。――、うーん。そやけどなあ、今のままやったら心配なのは心配や。そうやなあ、何ど、わしの仕事の手伝いでもやらせるか」

それを聞いた瞬間、桃子の顔が弾けた。

「ほんまあー。お父ちゃんの仕事手伝わせてくれんのおー！」

「何言ってんのよ、お父さん」

「こんな何するか分からん子に大工の仕事らさせたら、それこそ迷惑掛けてしまうで」

星子と月子が咬みつくように反対する。

「学校はどうするんですか？」

鶴子が心配そうに聞く。

「なあーに心配いらん。学校帰ってきてからできる仕事を用意しといたるわ」

「やったあー。するする。明日からさっそくするわ！」

「ほんまにもう。お父さんは桃子や花子には甘いんやさかえ。まあ花子はええ子に育ってるけど」

鶴子がこぼす。星子と月子も顔を見合わせて渋い顔をする。四姉妹を育てるために、父も母も仕事一筋だ。花子や桃子のことは、長女や次女の責任でもあることを考えれば、それ以上は言えない星子と月子だった。

花子は自分の頭上を激しく飛び交う言葉の応酬を眺めながら、桃子に笑顔を向けている。花子は桃子のよき味方だ。幼い頃から花子と桃子は、三人の「母親」に怒られながら仲よく育ってきたのだ。


亀蔵の大工としての腕は一流だ。加えて人を使うことがうまい。若い頃はすべての仕事は自分が中心になってやっていたが、何人もの弟子を抱えるようになってからは、大概の仕事は弟子に任せ、今は指揮をするだけということが多い。弟子が困ったときや棟上げの幣《へい》の奉納時のみ前面に出るようにしている。弟子に役割を持たせ、責任感を持って仕事に当たらせるようにしているわけだ。弟子が失敗をしたときには、それを決して弟子のせいにはせず、棟梁として施主に頭を下げる。修業は厳しいが、頼れる棟梁として弟子からも施主からも人望は篤い。

亀蔵が結婚をして、長女の星子が生まれ、さらに次女の月子が生まれる頃になってくると家屋が手狭になってきた。そこで亀蔵は一日の仕事が終了した後、自分一人で建て替えを始めた。夜間一人での大工作業だ。小さな灯りを点け作業は深更に及ぶ。棟梁一人での作業を弟子たちが知るようになると、弟子たちは誰言うともなく一日の仕事の終了後、自主的に棟梁の家に足を運んだ。そして深夜まで屋敷建築を手伝った。亀蔵は新築するに当たってある工夫をした。屋敷の土台を背丈の二倍にかさ上げしたのだ。土を盛り上げ、そのぐるりをセメントで固め、その上に礎石を置き基礎とした。

竜門村の風市《かざし》地区は、何度も水害に遭っている。台風が来て大雨が降るたびに紀ノ川は氾濫した。濁流が押し寄せると、一階部分はその都度浸水する。そうなると畳や建具はすべて使えなくなってしまう。そういう被害が台風のたびに起こっていては安心して生活してはおられない。かといって山の中腹にある土地などに建てようものなら、不便なことこの上ない。風市地区は生活するには便利だ。だから思い切って土台をかさ上げしたのだ。

新築してからも毎年のように台風は来る。そのたびに大なり小なりの洪水はあったが、床上までの浸水は免れていることを思えば、亀蔵の判断は正しかったと言えるだろう。近所でも新築する家では、かさ上げをするところが何軒かあった。その家も同じように浸水から免れたのだから、亀蔵のやることは賞賛の声で称えられたものだった。

その亀蔵が今、精力的に取り組んでいる仕事が竜門橋の新築だ。大工の亀蔵が手がけるのだから橋は当然木製だったが、亀蔵にとって竜門橋の建築は、これで何回目になるだろうか。

亀蔵の作る橋だから多少の増水くらいではびくともしなかったが、何年かおきにやってくる巨大台風のときの大増水には、さすがに耐えられない。その都度、架け直すことになる。今回は去年の十月八日の巨大台風によって流失した橋の架け替えだ。

九三三ミリバール。半径六百キロ。時速五十キロ。

六日夜半から降り始めた豪雨は止むことなく三日三晩降り続き、穏やかで風情のあった紀ノ川の流れが、地を振るわせる恐ろしい濁流となって竜門橋に襲い掛かった。橋は見るも無残に弾き飛ばされ、跡形も無く消え去ってしまった。氾濫した濁水は竜門村をも襲ったが、背丈の倍のかさ上げを施していた亀蔵の家屋は、かろうじて床下浸水で済んだ。以来、半年掛けて亀蔵は洪水に負けない橋を架けるべく奮闘しているのだ。

工事は九分通り終了している。工期は梅雨に入るまでだ。つまり最大五月いっぱいと決められている。半年以上掛かっていることになるのだが、それには訳がある。

これまでの増水では橋はことごとくその土台から姿を消している。生半可な土台では、その上にどのように頑丈な木組みをしようが役には立たない。紀ノ川は洪水によって川筋が大きく変わってしまうくらいの激流となる暴れ川だ。風市地区の鎮守であった風市の森神社は、かつての洪水による河川の流域変化によって、川北の嶋地区に変わってしまった。風市地区にある今の風市の森神社は、その後勧請《かんじょう》したものだ。流域を変えてしまうくらいの激流にも耐える土台を築くために、四か月以上を費やしていたのである。

まず橋柱を立てる川床を背丈の三倍以上掘り下げた。コンクリートをふんだんに使って砲台のような土台を作った。その上に基礎を組み立て始めたのが、すでに桜の散る頃だ。しかし、基礎の工事と並行して橋本体の加工作業は亀蔵家の倉庫などで進めていた。だから、基礎の完成以後の作業は急ピッチで進んでいた。あとは工期いっぱいの五月中に橋の天板を打ち付けていくだけだ。その天板の釘穴の罫《け》がきを桃子にもさせようと亀蔵は考えた。かね尺で寸法を測り、鉛筆で印を付けさせればええやろう。それくらいならできるやろうし、仮に間違って罫がいたとしても熟練の大工なら釘打ちに何の支障もないやろう。

弟子二人と一緒にやらせようと思った。

鶴子と星子と月子は、昼間は桃の袋がけに精を出している。桃の小さな実を一つずつ袋で包むのである。実の小さいうちは陽に当てないためと、病害虫から実を守るためである。一本の桃の木でおよそ五百袋。一本の桃の木には、その五倍以上の実が成っているが、余分な実はすべて摘果する。その前に花の時点で摘花しているのだが、それでも大量の実が成ってしまう。その実をそのまま大きくしてしまっては、すべての実が小振りとなってしまい売り物にならない。だから袋がけと並行して摘果をするのだ。

二百本の木に十日ほどで袋をかける。一日二十本。つまり、一日三人で一万袋。鶴子は五千袋。星子と月子とで五千袋。気が遠くなるような作業だ。しかし、作業はそれで終わりではない。一日の仕事が終わってなお、夜なべ作業がある。次の日の袋を作らなくてはならない。明日包む分の一万袋を三人で作成する。新聞を切り、糊《のり》をつけ、袋を作っていく。新聞はこの作業のために一年分溜めている。糊はもちろん手製だ。星子が新聞を切る。月子が折る。鶴子が糊付けする。一万袋作るのに五時間はかかる。桃は高価だから収入は多いが、その裏ではこれほどの苦労があるのである。それ以外にも、剪定《せんてい》、消毒、除草など、一年中忙しく作業は続く。

月子は今、洋裁学校は休校だから家業を手伝えるが、学校が再開されると休みの日しか手伝えない。そうなると、花子や桃子が頑張らなくてはならなくなる。しかし、その花子や桃子はほとんど戦力にならない。二人とも背が低い。桃の木は高い。作業をするには脚立に登らなくてはならない。脚立に登るのは、鶴子や星子や月子も同じだが、花子や桃子の場合は登るだけで精一杯。その上で作業をすることなど考えられない。脚立の上で両手を離そうものなら、そのまま真っ逆さまに落ちてしまう。そんな二人に桃の作業などさせられるものではない。

花子が特にそうだ。動きがおっとりしているのは別に構わないが、虫が大の苦手だ。畑に行けば、それはそれはさまざまな虫がいる。カミキリ虫、タマムシ、アブ、アシナガバチ、蚊、クモ。花子はそれら全てが苦手だ。虫が出ると、「ウギャーッ！」とそのときだけはどこからそんな声が出るのかと思うくらいの大声を出して飛び跳ねる。それでは脚立の上での作業は無理だ。だからもっぱら花子の仕事は屋内作業。掃除、洗濯、炊事の担当になっている。夕刻、疲れて帰ってくる家族が、すぐに食卓に着けるのは花子のおかげだ。

桃子は脚立の作業も家事もできない。力加減がわかっていないのだ。掃除をやらせると叩《はた》きで障子を破ってしまう。炊事をやらせるとでき上がりの量がどんどん少なくなっていく。こぼすし、味見と言っては大食いするし、とても任せてはいられない。仕方なく桃子の担当はお風呂当番になった。薪割りはできる。思いっ切り力を入れて割ればいいから、力の加減をする必要はない。湯の加減は、入る者が自分でやってくれる。熱ければ入る者が自分で水を加える。だから桃子は思いっ切り沸かしておけばいいのだ。そんなこんなで、なんとかこの戦時中も亀蔵の家は回っている。

昭和二十年になって戦局はいよいよ末期的になっていく。三月十日深夜、東京が大空襲された。三月十三日深夜には大阪が大空襲された。大阪に向かう米軍爆撃機の大編隊は、竜門村の上空を通過していった。発進基地であるサイパンからは、まず潮岬を目指して編隊は飛ぶ。潮岬から大阪を目指せば、竜門村はちょうどその真下に位置することになる。

夜中十一時過ぎ、空襲警報発令。不気味なエンジン音が家の障子を震わせた。竜門村からは爆撃機の翼に点滅する赤い光が見えるだけである。赤く恐ろしい光の帯は、南から次から次から現れては北の山の向こうに消えていく。もちろん桃子たちは熟睡中で、そんなことは知らない。空襲警報が鳴り響いても、こんな村が狙われることはなく誰も避難する者はいなかった。

　大阪の被害の状況が伝わってきたのは、翌々日のことだ。爆撃機の通過地点に過ぎない竜門村の住民は、我が村の安泰に安堵する思いと同胞の困苦に対して何もできない苛立ちとを併せ持ち、憤懣やる方ない思いに憤っている。

　それは亀蔵も同じ気持ちだ。亀蔵はすでに徴兵される年齢ではなくなっている。弟子の多くもそうであったが、中には徴兵された弟子もいる。徴兵された者もされていない者も、国民一人ひとりの一日一日は、全て国家のために奉仕するものとされている。亀蔵は橋を作ることにおいて大いに注力している。鶴子は婦人会活動で貢献している。星子や月子は兵隊の服作りをしている。花子も女学校で兵隊の腹帯作りをしている。桃子は国民学校の運動場に芋を作っている。戦時体制下、小学校は国民学校と呼称された。まさに国家総動員でこの難局を乗り越えようとしているのだ。


　桃子は学校から帰ると、鞄を下の間に放り込んで、すぐに作業場に駆け込んでいく。

「ただいまあー。おっちゃん、桃子の仕事どれえー？」

「おお、お帰り。ほいたら桃ちゃんにはこの板やってもらおか」

弟子の一人が作業台の一つに大きな板を置いてくれる。

「この紙見ながら、書いてある寸法に気をつけてやっていって」

「はい。よろしくお願いします」

桃子はとても行儀がいい。何にでも興味津々、何にでも手を出してしまうので、いつなんどき何をやらかしてしまうか分からないのだが、それだけやる気があるということでもある。やることを教えてくれる人に対する態度は完璧だ。

「かね尺の角を板にちゃんと当てたら、直角が取れるから、それさえ間違わんかったら大丈夫や。あとは寸法通り罫がけばええ」

「分かりましたあー」

桃子は意気揚々と板に向かう。左手にかね尺。右手に鉛筆。はったと板を睨むように構えたその姿は、二刀流の宮本武蔵を彷彿とさせると言えば言い過ぎか。

桃子は結構理解が早い。というか、作業そのものが単純なものなのだ。板の片端に二つずつ釘穴の位置を罫がいていく。かね尺を板の角に当て、寸法を測り鉛筆で×を書く。寸法は縦横同じだったから、板の片側を罫がくのにものの一分も掛からない。

板は大きくて桃子の力では持ち上がらない。そのうち罫がくのは桃子一人となり、二人

料金受取人払郵便

新宿局承認

2524

差出有効期間
2025年3月
31日まで
(切手不要)

郵便はがき

1 6 0-8 7 9 1

1 4 1

東京都新宿区新宿1－10－1

**(株)文芸社**

愛読者カード係 行

| | | | |
|---|---|---|---|
| ふりがな<br>お名前 | | 明治 大正<br>昭和 平成 | 年生 歳 |
| ふりがな<br>ご住所 | □□□-□□□□ | | 性別<br>男・女 |
| お電話<br>番 号 | (書籍ご注文の際に必要です) | ご職業 | |
| E-mail | | | |

| | |
|---|---|
| ご購読雑誌(複数可) | ご購読新聞<br>新聞 |

最近読んでおもしろかった本や今後、とりあげてほしいテーマをお教えください。

ご自分の研究成果や経験、お考え等を出版してみたいというお気持ちはありますか。

ある　　ない　　内容・テーマ(　　　　　　　　　　　　　　)

現在完成した作品をお持ちですか。

ある　　ない　　ジャンル・原稿量(　　　　　　　　　　　　　　)

| 書　名 | | | | |
|---|---|---|---|---|
| お買上書　店 | 都道府県 | 市区郡 | 書店名 | 書店 |
| | | | ご購入日 | 年　月　日 |

本書をどこでお知りになりましたか?

1.書店店頭　2.知人にすすめられて　3.インターネット(サイト名　)

4.DMハガキ　5.広告、記事を見て(新聞、雑誌名　)

上の質問に関連して、ご購入の決め手となったのは?

1.タイトル　2.著者　3.内容　4.カバーデザイン　5.帯

その他ご自由にお書きください。

(　)

本書についてのご意見、ご感想をお聞かせください。

①内容について

②カバー、タイトル、帯について

弊社Webサイトからもご意見、ご感想をお寄せいただけます。

ご協力ありがとうございました。

※お寄せいただいたご意見、ご感想は新聞広告等で匿名にて使わせていただくことがあります。

※お客様の個人情報は、小社からの連絡のみに使用します。社外に提供することは一切ありません。

■書籍のご注文は、お近くの書店または、ブックサービス(フリーダイヤル0120-29-9625)、セブンネットショッピング(http://7net.omni7.jp/)にお申し込み下さい。

の弟子たちは板を入れ換える役だけを担当するようになってしまう。それで作業場にいっぱい山のように積まれていた板の罫がきは瞬く間に済んでしまい、弟子たちも大いに助かった。

「桃ちゃん、すごいやないか。こんだけの仕事一時間そこらでやってしもたわ。さすがに棟梁の娘やなあ。将来は女棟梁やな」

二人の弟子たちは口を極めて桃子を褒める。桃子は何にでも興味を持ち、やる気を出せばすごい集中力を発揮し、やり始めたら途中で投げ出すようなことはしないが、褒められると有頂天になってついつい調子に乗り過ぎるところがある。家族はそんな桃子の性質をよく知っているから、一つ褒めても必ず一つは注意を入れるように心がけているのだが、弟子たちにはそんな手綱さばきはできない。

「桃ちゃん、なんならカンナがけもやってみるか？」

棟梁から指示のなかった作業を持ちかけてしまう。

「やるやる。どんなえやったらええん？」

桃子が断るはずがない。それから数時間。桃子は弟子に言われた作業に没頭する。花子が学校から帰ってきて、いつも通り晩ご飯の準備を始める。鶴子と星子と月子が畑から帰ってくる。桃子はまだ作業をしていた。

「桃子。何してるん！」

星子と月子が作業場に来て叫ぶ。桃子が削り屑の中から顔を上げる。

「ああ。お姉ちゃん。帰ってきたん。お帰り」

「お帰りやない！　いつまで何やってるん！　お風呂は沸かしてあるん？」

「あっ、しもたあー。忘れてたあー」

「お父さん帰ってくるで。どうするん！」

「今からわかしてきますうー」

桃子は慌てて走っていってしまう。

「ほんまにもう。あの子はあー」

星子と月子は二人でため息をついているところに亀蔵が帰ってきた。

「なんやお前らやったんか。お前ら作業場におるんは珍しいな」

「あっ、お父さん。お帰り」

「お帰りなさい」

「うん。ただいま。どうかしたんか？」

「桃子がねえ。お風呂も沸かさんと板削ってたんで怒ってたとこ」

「ふーん。それで桃子はどうした？」

「慌てて沸かしにいったんやけど、でもお父さんも悪いんやで。桃子にこんなことやらせるさかえ」

「ん？」

「あの子、興味持ったら時間なんか関係ないさかえ困ったもんやわ」

「そうか。そらわしも悪かった。あとはわしがやっとくからお前らは行きなさい」

二人を行かせたあと、亀蔵は桃子が放りっぱなしにしていった作業台を片付け始める。

（板削れなんて言うてなかったけどな）

そう思って桃子の削った板を見る。板はかなりの分厚さがある。カンナなんて使ったことはないはずだ。カンナ使いは、その削りかすや削ったあとの板を見ればその腕は分かる。

「うーん」と亀蔵はうなった。ど素人の子供の削りかすではなかった。削った板もきれいだ。

「これはたいしたもんや」

我が娘ながら亀蔵は感心した。見よう見まねというが、桃子はものごころついた頃から亀蔵の作業場を遊び場所にしている。亀蔵の作業を見ながら知らぬ間に大工道具の使い方を覚えてしまっていたのか。きちんと仕込めばすごい大工になるかもしれないが、亀蔵にはそんな気はなかった。

（二）

宴会あとのほろ酔いの頬に紀ノ川を渡る風が心地いい。梅雨にはまだ間がある。晴天というのではないが、雨にならなくて良かったと亀蔵は竜門山を振り仰ぐ。尾根の駆け上がりから山頂にかけてうっすらと白い雲がたなびいている。雨を呼ぶような雲ではない。

渡り初め式の後、宴たけなわの頃、愛用の徳利を提げ一人橋にやってきた。橋桁の端に腰を下ろし、懐から猪口《ちょこ》を取り出して独酌する。無事仕事を終えた後、その現場で一人呑むのが亀蔵の習わしだ。

渡り初め式は、六月一日十時、紀ノ川の北と南の双方で同時刻に行われた。神主の祝詞《のりと》に続いて村や各地区の代表が玉串を捧げ、神主を先頭に橋の両端から渡り始める。双方が橋の中ほどに歩み寄ったときに、その場に設けられている祭壇に向かってまた神主が祝詞を上げる。その場では竜門村九頭《くず》神社の禰宜《ねぎ》が上げた。各地区の代表たちは橋桁の上から一升瓶の酒を川に注ぎ洪水の無きことを祈った。

その後、それぞれの地区の集会所に集い宴会が始まったのであるが、橋の完成を祝う言葉が飛び交っていたのはほんの始まりの頃だけであって、あとは酒が進むにつれて急迫する時局への不安やら不満やらが大勢を占めていった。宴たけなわ、正午を少し回った頃であったか、けたたましく鳴り出したサイレンの響きとともに不気味なエンジンの音が集会場の障子を震わし始めた。

「空襲警報発令。空襲警報発令」

スピーカーの叫びが竜門山の山あいにこだました。皆はてんでに戸外に駆け出して空を振り仰いだのだが、遙か上空を整然と滑空するように北に流れていく機影が見えるだけだった。

「あれは、大阪か神戸に向かうんやろな」

「そうやな。ここらには関係なさそうや」

口々にそう言い合いながら、誰一人防空壕に走ろうともせず、また屋内に戻り宴を続けるのだった。物資が窮乏しているとは言っても、ここは田舎のことであり贅沢はできずとも有り合わせの品を皆で持ち寄れば、宴会の膳代わりにはなる。息子や甥、叔父などが戦地に赴いている者も少なからずいたし、中には戦死の知らせが届けられた者もいる。本土の都市が爆撃されている事態となってはいても、いずれは日本が勝つということを疑う者は誰もいなかった。そんな雰囲気の中、宴会は延々と続いていくのだった。

亀蔵は騒ぎのあと用足しに行くと言って宴会場を出た。その足で家に帰り紋付き袴を脱ぎ、いつもの軽装で猪口を懐に、徳利片手に竜門橋へと向かう。大勢で呑むのも嫌いではなかったが、仕事が終わったあとの一杯は、やはり「仕事相手」と呑みたかったのだ。

去年の十月八日に流された橋は、三年足らずの命であったことになる。十六年六月十一日から二十九日まで続いた洪水によって橋が流され、そのあと突貫工事で復旧した。桃の出荷時期と重なったことで、とにかく一日でも早く荷馬車の通れる状態にすることが至上命題だった。強度や耐久性は二の次とされた。次の洪水が来ればいとも容易く流される。それは目に見えていた。よくぞ三年近く保《も》ってくれた。それが亀蔵の偽らざる心境だった。

しかし、今回の橋は違う。工期が冬場から春にかけての期間だったことも奏効した。果樹の出荷に全く影響しない時期だ。この頃からすでにわずかながら八朔《はっさく》を生産する家も散見されていたが、まだ少数であり、何より八朔は春まで納屋で寝かせておくので、出荷の頃には橋の基礎が出来上がり、仮の天板を置けば荷車一台分の通る幅は確保できた。

「今回の橋は今までのとは違うぞ」

亀蔵は紀ノ川に言い聞かせるようにそう言って、猪口を口にしてグビリとまた喉を鳴らす。

陽は雲の中。竜門山から吹き下ろす風が、川面を駆け抜け岸の雑木の葉を揺すぶる。竜門山、飯森山、背の山、葛城山。初夏の山々に囲まれた長閑《のどか》な景色。緩やかに曲がる浅瀬に時折きらめくのは、上流を目指す若鮎の群れだ。

（こうして見ると、この川が暴れ狂うのは嘘みたいやな）

亀蔵は自身も鮎になったような気持ちで川を眺めていた。

そのときだ。鳶か鷹か。竜門山の頂に、それらに似た影が黒く翻った。影は瞬く間に真っ逆さまに落ちてくる。そのときになって初めてエンジン音が響く。それはすぐさま耳をつんざく轟音となって亀蔵に突き刺さってくる。敵の戦闘機だと思ったときには、その大きな黒い影は亀蔵の頭上を飛び越えていた。ひときわ大きな唸りを上げて旋回したかと思うと、今度は低空でもう一度橋目がけて突き進んでくる。

そのとき亀蔵ははっきりと自覚した。自分が狙われている。戦闘機が橋の北端に達したとき、亀蔵はためらわず橋から身を翻した。戦闘機の銃口が火を噴く。戦闘機の銃撃のあとから橋桁が噴き上げられていく。

川に飛び込んだ亀蔵は橋脚の根元に身を隠し辛うじて助かった。戦闘機は橋の南端辺りから右に旋回し、最初が峰を際どく掠め、さらに大きく右に旋回したあと、今度は紀ノ川の川下方向から突っ込んでくる。橋脚と橋脚の間は、戦闘機の翼の両端の長さとほぼ等しい。

さてどうするかな。亀蔵は相手の腕を測るような思いで戦闘機の出方を待っている。戦闘機は橋ぎりぎりまで近づいたかと思うと、大きな音を残し機体を上に向け上空に駆け上がり小さくなっていく。

「ふん。遊びやがって。日本の戦闘機乗りなら、この間をすり抜けてるわ」

それはまあ、開戦初期の戦闘機乗りのことだ。この時期になると、離陸はできても着陸は難しい者から、発艦はできても着艦のできない者から、種々雑多。熟練の搭乗員の多くは戦死してしまい、今は急造の新米が増えていた。

亀蔵は川の中を歩いて岸に向かう。幸いどこも怪我はしていない。集会所で騒いでいた者たちが、ばらばらと橋に駆けつけてくる。

「空襲警報なかったさかえ気いつくん遅なったけど、えやいこっちゃったなあ」

「ほんまや。亀蔵さん。無事で何よりやったわ」

「あれはアメリカのグラマンやな。大阪からの帰りやろか」

「そやけど、こんなとこ銃撃しても何の戦果にもならんのにな」

戦闘機は爆撃機の護衛についている。しかし、米軍の爆撃機を迎撃するための日本の戦闘機はもはや数少ない。敵の戦闘機は手持ちぶさたなのだ。それで帰路、ちょっと遊び心を起こしたのだろう。

（つまり、わしは弄《もてあそ》ばれたということか）

亀蔵の心の底の火打ち石がカチッと音を立てる。亀蔵の心に火が点く。

（なめるなよ。お前らごとき若造に遊ばれるわしやない。今度来てみろ。撃墜しちゃるわ）

亀蔵は命こそ助かったが、大切な徳利が割れてしまった。それに完成仕立ての橋の天板が吹き飛ばされている。亀蔵はそれが一番腹が立つ。紀ノ川の南岸に立つ亀蔵の背に怒りの渦が巻き上がっていた。

次の日、亀蔵は弟子を指揮して米軍機に銃撃された天板の修復作業をした。その中の何枚かに弟子が首を傾げる細工を施こそうとしている。

「棟梁。この滑車は何に使うんです?」

「それから、この蝶つがいは何ですか?」

弟子たちは訝しげに亀蔵に尋ねる。

「フフフ、今に分かるわ。それより、間違いなく図面通りに取りつけとけよ」

「分かりました」

弟子たちは首を傾げながら、もう一度図面を確認して持ち場に戻る。

橋は南北の堤防から堤防まで架けるのではない。川の流れを跨ぐだけの長さで架橋する。つまり橋は川幅分だけの長さなのだ。人は堤防から川原に下り、川幅だけの橋を渡り、また川原を歩き対岸の堤防に上る。

竜門橋の橋長は百メートル。戦闘機だと一秒もかからず飛び過ぎる。チャンスは一度しかない。橋の上にいる亀蔵を銃撃する米軍機は、竜門山から真一文字に舞い降りて、天板すれすれの低空飛行で銃撃してくる。そこが狙い目だ。亀蔵は天板を使って米軍機を叩き落とす作戦を立てている。しかし、それは米軍機が現れる前から橋上に設置しておくわけにはいかない。米軍機を橋上ぎりぎり間近まで引きつけてから作戦を展開しなくてはならない。米軍機が現れる前から橋上に設置しておくと、敵機は橋上ぎりぎりにまで接近してこないだろう。米軍機が橋の末端を通過した瞬間に作戦を敢行する。だが、米軍機が橋上を飛び過ぎる時間は一秒と掛からない。タイミングを外せば作戦は水泡に帰す。そしてその作戦は二度と使えない。相手を倒さぬままこちらが命を落とすわけにはいかない。乗るか反るか、文字通り乾坤一擲、まさに一発勝負の作戦だ。

六月七日の昼の休憩に入ろうとしたときだ。空襲警報が鳴り響いた。ほどなく竜門山の遙か上空、爆撃機の大編隊が北を目指して通り過ぎていく。護衛の戦闘機も何機か随行している。今からだとすると、復路この上空に現れるのは午後三時頃か。それまでには完成させておかなければならない。

「今日は昼の休憩はなしや。その代わり夕方は三時で終わる。作業を急げ」

「棟梁。あれは大阪の爆撃ですよ。ここらは通過するだけです。大丈夫ですよ」

「いや。あいつらの帰りに、ちょっとな……」

「何かするんですか？」

「まあ、そのときのお楽しみや」

「棟梁。わしらにも手伝わせてください。お願いします」

「もう手伝ってくれてるやないか。あとちょっとや。最後の仕上げが残ってるだけや」

「ああ、あの滑車と蝶つがいで米軍機に何かするんですね」

「滑車と蝶つがいでいったい何を？」

「まあ、うまくいくかどうか分からんけどな。わしを怒らせたらえらい目に遭うっちゅうことを分からせやなあかん。ハハハハ」

弟子たちは何が何だかよく分からないまま、棟梁の言う通りの作業を再開する。作業が終わる頃、亀蔵は滑車にロープを通していった。そのロープを天板に括り付け、もう一方の端は梃子の上に乗せた大石に括り付ける。

「よし。完成やな。あとは来るのを待つだけや」

満足そうに、亀蔵はにんまりと笑う。

米軍機は、往路は竜門村の上空を通過することが多いが、爆撃を終えたあとは大きくU

ターンして、復路は紀伊水道を南下していく。日本にもまだ若干の迎撃機は残っているから、護衛のための戦闘機が爆撃機に随伴しているが、その任務は爆撃寸前、爆撃機が高度を下げるときだけだ。米軍爆撃機は日本の戦闘機の上がれない一万メートル以上を悠々と飛ぶので、そのときの護衛はいらない。だから米軍戦闘機の中には、はぐれた渡り鳥のように、帰路あちこちの田舎町や村の銃撃を楽しむものがあった。

「許さん」

一本気な亀蔵はそんなやつらに一矢報いるつもりだ。戦争遂行上、敵地への銃撃や爆撃は作戦上あってしかるべきだろう。今、日本は国家総動員体制が敷かれている。女子供老人といえども戦力である。戦力であるなら、銃爆撃の目標とされるのは致し方ないと言えないこともない。だから、戦力の密集している都市への爆撃は戦争目的の作戦に入ると思わなくてはならない。

しかし、その爆撃の帰路に何の抵抗もしていない非武装の民間人を、まるで狩りの獲物のように面白半分の標的にするなど、ただの人殺し以外の何ものでもない。それは人間のすることではない。

時、すでに午後三時前。来るなら、そろそろや。耳を澄ませ、空を見上げる亀蔵の表情が、にわかに険しいものに変わる。

（来たな）

亀蔵は弟子たちを橋から下ろす。遙か西、和歌山の上空を爆撃機の編隊が連なって小さく見えている。あれほど遠くても、あれほどの大編隊となれば、そのエンジン音はこの辺りまで響いてくる。しばらくして、そのエンジン音とは違った一段高い音が近づいてくる。F6Fヘルキャット。アメリカ海軍が誇る最新鋭の艦上戦闘機。

戦闘機は、大戦初期こそ日本の零戦が他国のそれらを凌駕していた。速度、航続距離、上昇性能、運動性能、武装、あらゆる面で他国機の追随を許さなかった。しかし、墜落した零戦がアメリカに回収され、その性能が徹底的に分析されるに及び、その最大の欠点が暴露されるに至る。零戦の欠点、それは防御能力の欠如だ。全ての性能を引き上げるため、限界までの軽量化が施されている。その結果、搭乗員の防御能力は無きに等しい状態だ。米軍であれば、当然考える搭乗員保護の観点が、全くないとしか思えないような設計思想が読み取れる。

それでも、戦闘機の運動性能と搭乗員の操縦能力の高さによって、大戦初期の戦闘機同士の戦いでは圧勝していた。しかし、大戦末期になり熟練操縦士の減少と戦闘機能力の逆転によって、全くの劣勢に立たされる。F6Fヘルキャットは、対零戦の空中戦では一対一の戦いは避け、必ず二機で襲い掛かった。零戦が敵一機に食らいつくと見るや、すかさずもう一機がその背後に回り燃料タンクを狙って引き金を引く。零戦はひとたび被弾すると激しく火を噴き、錐揉《きりも》み状態になって落下する。零戦の弱点を突いた作戦だ。

F6Fヘルキャットは強力なエンジンによって、かなりの重武装が可能だ。十二・七ミリ×6の火力。一・八トンまで可能な爆装。五六八リットルの胴体下増槽。たとえ一機であったとしても、それだけで戦艦を撃沈できる重武装だ。爆撃機の護衛任務であれば、爆装はしていないだろうが、大工の棟梁が立ち向かえるような相手ではない。

ヘルキャットは竜門山を目指して一直線に飛んでくる。亀蔵は腕組みをして竜門橋の上に立っている。ヘルキャットのエンジン音が一段と高くなる。さらに上昇を始めたようだ。竜門山の頂よりさらに高く舞い上がり、一気に急降下しようとしているのか。上昇を終えたヘルキャットは翼を反転させ、機首の向きを変える。エンジン音が変わる。一瞬静止したかに見えたヘルキャットが急降下を始める。

（くる！）

亀蔵の全身が震えた。

（武者震いか）

米軍機は紀ノ川の南岸の堤防まで降下したあと水平飛行に移り、橋上すれすれに飛行しながら銃撃してくるものと亀蔵は思っていた。その水平飛行に移った瞬間に、亀蔵は用意した武器を炸裂させる作戦だ。しかし、ヘルキャットは竜門山の斜面を駆け下りることはせず、山頂の高さから、真一文字に橋上の亀蔵目がけて逆落としを掛けてきた。

「何イーい！」

目算が狂った亀蔵であったが、戸惑っている場合ではない。数秒後には銃撃によって木っ端微塵に吹き飛ばされることになる。当初の作戦通り、梃子《てこ》を動かして川に飛び込んだ。梃子によって動かされた大石は、大きな水音を立てて川底に消える。大石に巻かれていた綱が滑車を回し、綱に繋がれていた板を跳ね上げる。水平に置かれていた板が蝶つがいを支点として垂直に立ち上がる。亀蔵の作戦は、橋上をすれすれ水平に飛行する敵戦闘機を、立ち上げた板に激突させる作戦だった。しかし、敵は亀蔵の期待通りの水平銃撃ではなく、急降下銃撃を仕掛けてくる。

亀蔵目がけて真っ逆さまに突っ込んでくるヘルキャット。その亀蔵が視界から消えた直後に立ち上がった一枚の板。ヘルキャットはそれを銃撃によって吹き飛ばし、急上昇に移る。それは、立ち上がった板の高さよりずっと高い地点だった。亀蔵が立ち上げた板は敵操縦士を一瞬驚かせただけで、それを吹き飛ばしたヘルキャットは、悠々と上昇していく。十二・七ミリの機銃の前には、亀蔵の武器は屁の突っ張りにもならない。これでは、水平飛行で突入してきていたとしても結果は同じだったに違いない。亀蔵にとって幸いだったのは、敵戦闘機がその後反転し再度攻撃して来なかったことだ。増槽がすでになかったところを見れば、あまり遊んでいる余裕がなかったのだろう。米軍機との戦い、その一回戦は亀蔵の完敗という結果に終わった。

（三）

鶴子はぶっすっとした顔で何も言わず、茶碗を亀蔵の前に置く。星子も月子も呆れ顔をしている。花子はいつも通り自分の調子で食べている。桃子はそんなみんなを見回しながら、いつになく難しい顔で箸を動かしている。

「ほんまにもう！　冗談にもほどがあります。グラマン相手にするやて正気の沙汰やない。生きてたから良かったものの、殺されてたら私らどうしたら良かったことやら」

憤懣やる方ないといった面持ちで、鶴子は亀蔵に文句を言う。グラマンというのはＦ６Ｆヘルキャットのことだ。民間人は米軍戦闘機のことをその製造社名で呼ぶ。

「ほんまや。今でも生きた心地せんわ」

これは星子。

「あたしらのこと考えてくれてたん？」

これは月子。

女五人に対して男は亀蔵一人。多勢に無勢。旗色はかなり悪い。

「お前らのこと考えてるさかえにやったんやないか。お前らが狙われたらどうするんや。花子が竜門橋歩いて帰ってくるときに撃たれるかもしれやん。桃子が土手歩いてるときに狙われるかもしれやん。お前らかって桃畑にいてるときに安全とは言えやんのやど」

それを聞きながら珍しく花子が頷いている。そんな花子を驚いた顔で桃子が見ている。

「そやけど、お父さんがやったせいでまた来たらどうします？」

「そうや。よけい危なくなったん違う？」

「そやから、また、やるんや」

「またやるって、もう一回グラマンと戦う気い？」

「ああ。もう一回どころか叩き落とすまでやる。あれは蝿か虻みたいなやつや。いくら戦争ちゅうてもあれは許せやん。えらい目に遭わせちゃるわ」

ふうーと大きくため息をついて鶴子と星子と月子は顔を見合わせる。

「花子。料理の腕上げたな。この蒸し芋うまいわ」

亀蔵は大きな芋を口一杯に頬張りながら花子を褒める。

「そんなん、ただ蒸しただけやで」

花子は相変わらずぶっきらぼうに答える。

「花子お姉ちゃん喜びなあよ。お父ちゃんほめてくれてるんやさかえ。ほんまうまいで」

桃子も口一杯に芋を食べながら、花子を褒めてから亀蔵に言う。

「お父ちゃん。あたしもお父ちゃん手伝うわ」

「手伝うって、あんた何言うてんの？」

「お父さんと一緒にグラマンと戦う気い？」

星子と月子が桃子を詰問する。

「フフフン。違うよ。危ないことはせんよ。でも、どなえしたらグラマン落とせるか、お父ちゃんと一緒に考えるんや。今日は板立てたって聞いたけど、そんなん一発で吹っ飛ばされるに決まってるやん。もっとええこと考えやなあかんわ」

「ほんならお前考えてくれるんか。なんどええ案あるんか?」

「まだないわ。そやからこえから考えるんや。でも急がんと、言うてる間にまた来るかもしれやんで」

「お父ちゃんは、佐々木小次郎の燕返しのつもりやったんやけどな。あかんかったな」

「佐々木小次郎がグラマンに敵うわけないいやん」

鶴子と星子と月子はまたため息をつく。花子は相変わらず自分の調子で食べている。

花子と桃子はいつも一緒の蚊帳で寝ている。年が近いこともあったが、あとの二人の姉は二人にとっては少し煙ったい母親のようなものだったから、必然的に二人は仲良くなったようなものだ。

「花子お姉ちゃん。一緒に考えてえ。さっきはあんなに言うたけど、何も浮かんでこんなあ、花子お姉ちゃん」

「もう！　桃ちゃん、もう寝よう。また明日考えたらええやん」

「でもそんなゆうちょうなこと言うてられへんで。明日にもグラマンまた来るかもしれやんで。花子お姉ちゃんかてねらわれるで」

「そやな」

「そやから、考えてよお。花子お姉ちゃん頭ええやんか。あたしと違《ち》ごて」

「しゃあないなあ。ほな考えるか」

「やったあー。花子お姉ちゃん大好きー」

そのあと二人が蚊帳の中でゴミョゴミョと何か喋っている声が、納戸で寝ている星子と月子の蚊帳まで聞こえていたが、月子に一喝されて静かに寝てしまった。翌朝、桃子は晴れ晴れとした顔をして起きてきた。

「ほんじゃあ、行ってきまあーす」

朝ご飯を食べるやいなや、桃子はいつにも増して大はしゃぎで家を飛び出していった。

いつもの土手の道を梅子と一緒に学校に向かいながら、桃子は夕べの花子とのやり取りを梅子に話して聞かせる。

「そんでな、花子お姉ちゃんな、数学ちゅう難し勉強の式でグラマン落とす方法教えてくれたんや」

「数学の式？」

「そうや。あたしはあんまり理解できやんかったんやけどな。でも花子お姉ちゃんの言うことやから、何かうまいこといきそうや」

「ふーん。ほんまにそんなんでグラマン落とせんの？」

「うん。あとはその道具はあたしが作らなあかんのやけどな。それが大変や。梅ちゃん手伝ってえー」

「いややよ、そんなん。グラマン怖いわ」

「グラマンと戦うわけやない。作るだけや」

「そやけど。誰が作ったあー言うて、グラマンから降りてきたらどうすんの？」

「うち落としたら大丈夫や」

「ほんまにそんなことできんの？　どなえすんの？　説明してよ」

「うっ、うん。分かった。あんまりうまいこと説明できやんかもしれやんけどな」

桃子は、花子が話してくれた中身を思い出しながら梅子に話す。

桃子の語り口では理解が難しいから、かいつまんで花子の話を説明してみよう。まず、亀蔵の証言の確認から始まる。亀蔵によると、米軍機は橋上五十メートルの低空まで一気に急降下してくる。そして、機首を起こし一気に急上昇する。銃撃は機首を起こすまでの間に行う。急上昇をするときは機体の腹を橋の上に大きくさらすことになる。ここが狙い目だ。このときの橋から機体までの距離は十メートル。手で石を投げても届く距離だ。しかし、手では投げられない。銃撃されては堪らないし、手投げでは何より威力がない。投石方法は桃子が考えるとして、取りあえず花子が説明した数学の式の説明をする。

竜門橋の天板をX軸として、橋の南端をグラフの原点とする。Y軸はもちろん原点から垂直の直線。その原点におとりの人物を立てる。おとりは亀蔵になってもらうしかない。敵機は亀蔵目がけて急降下する。

グラマンの飛行式は、$Y=aX^2+10$。石の発射地点は橋上の五か所。迎撃石の飛翔式は、$Y=X+10$。$Y=X+20$。$Y=X+30$。$Y=X+40$。$Y=X+50$。最低五十メートルは石を跳ばすくらい威力のある投石機を作らなくてはならないというのが花子の理論だ。桃子自身が、はっきり理解もしていない内容を梅子に説明して、梅子が理解できるわけはないのだが、それよりも、もっと肝心なことを二人とも見落としているのではないか。

グラマンの飛行式と石の飛翔式が仮にその通りであったとすると、それらの式の交点が撃墜点となる。とすれば、それらの交点の解を求めれば撃墜点の座標は求められる。しかし、撃墜点の座標が求められたからといって、どのタイミングで投石すればその座標でグラマンを撃墜できるかといった時間的な問題はクリアできていない。花子はそれに気づいていなかったのか。あるいは気づいてはいても、それを求める物理の計算式は知らなかったのか。あるいは知ってはいたが桃子に説明しても理解は無理だから、数学の式でお茶を濁してさっさと寝ようとしたのか。その上、グラマンの飛行式の「a」の値も分かっていない。さらに、グラマンが竜門橋をX軸にしてくれるとは限らない。いずれにしても、この方法で、もしグラマンが落ちたとしたら、それはただの偶然か、それとも相手の操縦士が、よっぽどまぬけだったとしか言いようがない。ともあれ、あとは投石方法だった。それは桃子が考え、できるだけ早くその投石機を作らなくてはならない。

羊は今日も内川の堤防で、のんきな羊面をしてうまそうに草を喰うている。竜門山の山肌がいつも以上に近くに見えて、水が張られた田んぼから蛙の合唱が響いている。そろそろ梅雨に入りそうだ。

放課後、桃子は梅子と作業場にいた。橋の天板用の木材を使って投石機第一号の試作中だ。原理は簡単。ヒントになったのは男の子の遊びだ。男の子たちは消しゴムを小さく切ったものを、竹の三十センチの物差しで弾き飛ばす戦争ごっこをやっている。それが結構よく飛ぶのだ。三十センチの物差しで教室の端から端まで飛んでいる。橋の天板を使うなら、石は竜門山まで飛んでいくかもしれない。それならグラマンを落とせる。そう思った桃子は、帰るやいなや梅子と試作を始めたのだ。

天板の端に空き缶を釘付けして、それに石を入れることにした。天板の一方を作業台に挟んで固定する。そして、もう一方の端を梅子と二人で引っ張ってみる。しかし、作業場の中で石を飛ばすわけにはいかない。天板を庭に持ち出して、人のいない畑の方に向けて試すことにした。

空き缶に手頃な石を入れる。天板の一方を庭石に突っ込み、板の下に支点となるブロックを置く。ぶら下がるようにもう一方の端を二人が両手を伸ばして掴む。そして、いっせーので、二人同時に手を離す。板の先の空き缶から石が飛び出した。しかし、飛距離は板の長さにも満たない。五十メートルは飛ばさんとあかんと花子が言っていたことを考えると、これでは大失敗だ。

「なんでやろ？」

「引っ張る力が足らんのとちゃう？」

「大人の人に引っ張ってもらう？」

「そうやな」

　庭を出たところの枇杷《びわ》の実が色づき始めている。食べられそうな実を桃子が取って梅子に渡した。ちょっと酸っぱい実もあったが二人にとってはいいおやつだ。

　梅子が帰って桃子がお風呂を沸かし終えた頃、亀蔵が帰ってきた。走っていって亀蔵に投石機の試し撃ちを頼む。空き缶に石を入れ亀蔵が板を引っ張ると、桃子と梅子が引っ張った倍以上は板がたわむ。亀蔵が手を離すと、石は板の長さ以上は跳んだが、庭を跳び出していくほどではなかった。

（なんで飛ばんのやろ？）

　学校の休憩時間、男の子の遊びを見ながら桃子は思案に暮れていた。男の子の飛ばした消しゴムが桃子の方にも飛んでくる。

「痛っ」

消しゴムが近くにいた梅子に当たった。

「ごめん、ごめん」

男の子は謝りながら消しゴムを拾うと走り去っていき、また撃ち合いを始める。桃子が、つっと立ち上がって男の子の方に行こうとする。

「いいよ。いいよ」

梅子がそう言って桃子を止めようとする。梅子は桃子が男の子に文句を言いに行くと思ったのだ。桃子は梅子にうなずいて、しかし男の子には近づいていった。

「なあ。それちょっと見せてくれやん?」

桃子は男の子の持っている三十センチの物差しを指差す。物差しは桃子が持っているものと変わらない。桃子の物差しは姉のお下がりだったが、竹でできていることに変わりはない。しかし、桃子が家で同じことをやってみても、男の子のようには飛ばない。

「なあ、どうやったらそんなに飛ぶん?」

「いっしょにやりたいんか?」

「そうやないけど、興味あるんや」

「ふうん。変なやつやなあ。まあええわ。見てよよ。こうやるんや」

男の子は消しゴムを物差しに乗せて飛ばす。ビューッという音に乗って消しゴムは飛んでいく。桃子もその物差しを借りてやってみた。飛ばない。せいぜい、一メートルといったところだ。

「下手くそやなあ。ええかあ。こうやるんや。見てよよ」

そういって男の子はもう一回飛ばす。消しゴムは弾かれたように飛んでいく。

「そうかあ。分かったわ。弾いてるんや」

桃子はもう一回、物差しを借りて消しゴムを飛ばす。曲げた物差しを離すとき、持っている指を弾くように一気に離さなくてはいけなかったのだ。それをジワリと離していては、消しゴムに力が加わらない。今度は消しゴムはビューッと飛んでいった。

「分かったあー！　これや、これや」

桃子は大喜びで梅子に駆け寄る。

「梅ちゃん見てたあ？　これでいけるで」

梅子もにっこり笑っている。男の子たちは戦争ごっこを続けている。しかし、桃子は分かっていなかった。あの天板をどうやって勢いよく弾くのかということを。

「ほんまにもう。よう来るわ」

　家に帰ると、郵便受けを確認するのが桃子の習慣だ。郵便物のほとんどすべてが月子宛てだ。戦地からの郵便物が、どうしてこんなにたくさん月子に来るのか。月子によれば、知らない人からの手紙がその大半だそうな。もちろん中には、竜門村の幼なじみからの手紙もある。その手紙は、しっかり目を通して武運長久をお祈りするべく神棚に祀っている。しかし、見ず知らずの差し出し人の手紙に関しては処分に困っていた。

　初めのうちは、そのような手紙でも、封を切り目を通していた。何が書かれていたか。

「月子様と同郷の人と同じ部隊にいます。月子様にはお目に掛かったことはありませんが、とても美しくまるでかぐや姫のようだと聞かされています。かぐや姫たち月の人は、敵の兵士たちを動けなくさせる力を持っていたそうです。月子様のお力で敵兵を動けなくさせてください。我々に力をお与えください。月子様、よろしくお願いします」

　それを読んで月子は情けなくなった。月の都の人たちが動けなくした兵士たちとは、帝の軍隊ではなかったか。つまり、皇軍。日本の軍隊のことだ。日本の軍隊が動けなくなったら駄目やないか。こんな中身の手紙が、よく検閲を通ったもんやと月子はため息が出た。

それ以来、見ず知らずの差し出し人の手紙については、封を切らずダンボールの箱に入れ、神棚の下に置いておくことにしている。お国のために戦っている兵隊たちからの手紙を捨てるわけにはいかない。同郷の幼なじみの手紙だけ抜き取り、あとはいつものように神棚の下の箱に保管した。

「月子お姉ちゃん、その手紙どうすんの？」

「うん。どうしよう。捨てるわけにいかんけど、読む気にならんし、困ったもんや」

「読むだけ読んだらは？　がんばってる人らやもん」

「そうやなあ。ほな今度まとめて読むか」

そこへ亀蔵が帰ってきた。今日はやけに早い帰宅だ。父の姿を見た桃子は、「あひゃーっ」と叫んで風呂焚きに走っていってしまう。大慌てで焚き出したところへ亀蔵は作業着を脱いでやってくる。洗い場で洗いながら桃子に話しかけた。

「桃子。なんぞええ考え浮かんだか？」

「うん。ええ案できたで」

「そうか。ほな、あとで聞かせてもらおか」

「そやけど、どなえやったらそれできるか、分からんよになってん」

「どういうことな？　まあええわ。風呂出てご飯食べながら聞こか」

「お父ちゃん、今日は早かったなあ」

「ああ、穴開けられた天板、ちょいっと替えるだけやったからな」

「グラマンに？」

　亀蔵が湯船に入る。

「そうや。この落とし前は付けさせてもらわなな。わしは仕事に命懸けてる。命懸けてるっちゅうことやったら兵隊さんたちと同じじゃ」

「お父ちゃん、今度は大丈夫やで。なんせ花子お姉ちゃんの立てた作戦やさかえな」

「花子のか。そりゃ大丈夫やな」

「お父ちゃんも、花子お姉ちゃんすごいと思ってんの？」

「そうや。花子はすごい」

「ふーん」

「花子だけやない。星子も月子も桃子もすごい。四人ともわしの宝や！」

「えへへへ」

　喜んだ桃子は次々薪を継ぎ足していく。釜の火はさらに勢いを増していく。

「桃子おーっ、ちょっと熱過ぎる！」

浴室は湯気と熱気で充満し出した。


花子は料理上手だったが、食材が限られている。今は芋の収穫の時期であり、収穫できたものをいただくのが基本であったから、当然の結果として、毎日の食膳は芋のオンパレードだ。蒸し芋、芋の煮物、芋の天ぷら、芋サラダ。それでも文句を言う者は誰もいない。

「ぜいたくは敵だ」

「ほしがりません。勝つまでは」

そういう戦争標語を遵奉しているわけではなく、亀蔵の家ではある物をあるがままに受け入れ、それを自在に活用する生き方が自然に身についているのだ。食材がなくて同じ物ばかりなら、調理方法を工夫する知恵が花子にはあった。

「花子お姉ちゃん、この天ぷらうまいなあ」

一番の食べ盛りの桃子は、花子の作ったものなら何だって好きだったが、特に天ぷらには目がない。

「そう。ありがと」

花子はいつも通りそっけなく言ったが、顔は微笑んでいる。

「桃子。さっきの話や。何がどう分からんのや？」

「うん。あのなあ。三十センチの物差しやったら、指で弾いたらビューンって消しゴム飛ぶんやな。そやけど、あんな大きな板、どなえやったらビューンって弾けるんやろって、梅ちゃんと言うてたんや」

「はあーん。なるほど。お前、学校でそんなことして遊んでるんか」

「違う違う。遊んでるんは男の子らやで。それ見ててひらめいたんや。あんなに弾いたら石かって飛ぶやろなって。そやけど、どなえしたらあんなに弾けるんか分かれへんね」

その話を聞いていた鶴子と星子が、ハッと顔を見合わせる。それから口を引き結び、目で合図を送りながら首を振る。それに目ざとく気づいた花子が言った。

「桃子。お母ちゃんと星子お姉ちゃん、ええこと思いついたみたいやで」

「ほんまあー。お母ちゃんと星子お姉ちゃん」

星子は聞こえない振りをして、茶碗で顔を隠すように食べ始める。鶴子は、バツが悪そうに亀蔵の方を向いて顔をしかめる。

「何やお前ら、ええこと思いついたんやったら教えてくれやんか」

亀蔵にそう言われて鶴子は星子に顔を向ける。星子も鶴子を見たが、その顔にはどうしようかといった色が浮かんでいる。

「もう！　教えてよお！」

桃子が食卓を叩きそうなくらいの剣幕で、大きな声を出したものだから、二人は仕方なく頷き合って星子が口を開いた。

「あのな。桃の若木の枝、誘引してるときに、手すべってロープはずれたら、その枝、ビューンって跳ね上がるんや」

それを聞いた桃子は目を見開いたまま、ゆっくりと亀蔵に顔を向ける。

「なるほどな。ロープで思いっ切り引っ張っといて、一気に離したらええわけや」

「そうやな、お父ちゃん」

「ああ、ロープならいっぱいあるわ」

「天板を橋の下から引っ張って、グラマン来たらパッって、離したらええんや」

「こりゃええなあ。うん。明日一回やってみるか」

「うわあー、ええなあ。桃子も行きたい！」

「桃子。何言ってるん！　あんたは学校あるやないの！」

星子と月子に一喝されてしまう。

## (四)

それから一週間後、六月十五日、恐ろしい事件が起こる。それは桃子と梅子の下校途中のことだ。

「ブーン」――、授業中、いきなり響いてきた低く不気味なエンジン音。目張りをした窓ガラスが震え始める。空襲警報は鳴らない。この頃になると爆撃機に対する警報はなくなっている。爆撃機の大編隊はこんな田舎には用はないといった素振りで、竜門山のはるか上空を悠々と北に向かって飛び過ぎていく。爆撃機の往路は心配はいらない。危険なのは復路だ。爆弾を全て吐き出した爆撃機は心配ない。航路は竜門村からはずーっと西の方だ。警戒すべきなのは護衛の戦闘機だ。日本の戦闘機との格闘をせず、銃弾を完備したまま手ぶらで帰る猛禽類は獲物を求めている。獲物は復路で見つけた無抵抗の標的だ。

「一人にならず、家まで気をつけて帰りなさい」

担任の先生に声を掛けられ、桃子と梅子が学校を出たのが午後三時。いつものように土手の道を西に、おしゃべりをしながらゆっくり歩いていた。はるか前方、和歌山の方から飛んできた何かが二人の目に入る。

（鳥？）

初め二人はそう思った。次第に近づくその鳥は、意外と大きいことが分かってきた。

そう思いながら、ぼんやり何となくその鳥を眺めおしゃべりを続けている。次の瞬間、

（大きな鳥やな）

その鳥がふわりとさらに舞い上がった途端、大きなエンジン音が二人を驚かせた。

「鳥やない。戦闘機や」

しかし、それが分かったときはまだ、二人ともその戦闘機が米軍機だとは思っていない。太陽を背にして近づいてくる戦闘機の機影が、あまりはっきりと見えなかったからかもしれない。危険が迫り、その危険をもたらすものを目の前に見ていながら、それが危険だとは気づかない。人は時として、そんな一瞬のエアーポケットのような状態にはまることが

ある。このときの桃子と梅子がまさにそうだった。

しかし、次の瞬間――、

「あかん！」

叫んだのは、桃子だったか梅子だったか。あるいは二人同時だったかもしれない。上昇していた戦闘機が機首を二人に向けた。そして二人目がけて舞い降りてくる。

「逃げやな！」

桃子と梅子は手をしっかりと握って、来た道を逆方向に走り始めた。エンジン音が一段と高くなり、機影はぐんぐん大きくなってくる。これまでの人生の中で、これほどの恐怖を感じたことはこれが初めてだ。死ぬということは言葉としては知っているが、それがこんなに突然、同級生の誰よりも早く、いや、家族の誰よりも早く自分にやってくるとは考えてもいなかったことだった。

桃子は必死に走る。梅子も懸命に走る。二人ともしっかり握った手を離さない。言葉にしている暇はなかったけれど、死ぬなら一緒にという気持ちで二人は手を握っている。必死の形相で走りながら振り向くと、真っ直ぐ自分たち目がけて舞い降りてくる悪魔の姿が、ぐんぐん大きくなってくる。もはや疑いようはない。自分たち以外に辺りには誰もいない。

自分たちがうたれる。もう、終わりイーー。

バッ、バッ、バッ、バッ。

背後の土手の土が跳ね上がりながら近づいてくる。戦闘機の銃撃によるものだ。

「うわあああー」

叫び声とともに二人の体は土手を転げ落ちていく。戦闘機は爆音を残し、二人の上を飛び過ぎる。内川の川岸まで弾き飛ばされた二人は、しばらくそのまま伏し倒れたままだった。手は握ったままだ。というか、しっかり抱き合って川岸に転がっている状態だ。おそらく弾き飛ばされた瞬間にどちらからともなく無我夢中でしがみつき合い、土手を転がり落ちていったのだろう。戦闘機は舞い戻ってはこない。偶然見つけた標的を吹っ飛ばしたのを見届けて、満足していってしまったのか。それとも、別の標的を求めて去っていったのか。そんなことは、今の二人にはどうでもよかったし、考えることもできなかった。それよりも、今自分たちは生きているか？　そっちの方が重大な問題だ。

「梅ちゃん。梅ちゃん」

桃子は梅子を呼んでみる。

「桃ちゃん」

梅子の声が返ってくる。

「梅ちゃん、大丈夫？」

「分からんけど」

「あたしら、生きてるん？」

「さあ？」

「二人とも、もうあの世なんやろか？」

「さあ？」

「起きてみよか？」

「うん」

しかし、二人とも腕が動かない。あまりにもきつくがっしりと抱き合っていたので、そのままの状態で腕が硬直してしまったのか。生きるか死ぬかの緊張があまりにも激しかったから、その緊張が解けるまでに、まだまだ時間が掛かるのか。それとも、銃弾を受け筋肉や神経が断裂してしまっているにも拘らず、その痛みすら感じないくらいにショックを受けているのか。何しろ生まれて初めての言葉にもできないくらいの出来事だから、状況がまだ何も把握できていない。

二人は、生きているのか死んでいるのか、なぜ体が動かないのか、何も分からないまま、取りあえずしばらくはこのままいることにする。

「梅ちゃん、怖かったな」

「うん。怖かった」

「あれっ、梅ちゃん、あたしの下におるん？」

「そうやな。桃ちゃん、あたしの上におるわ」

「ごめん。梅ちゃん、しんどいやろ」

「分からん。何も感じやんわ」

「梅ちゃん、うたれた？」

「うん」

「どこ痛い？」

「足」

「動く？」

「動かんよ」

「足ある？」

「あると思うけど」

「ほな良かった」

「桃ちゃんは？」

「あると思う。でも、痛いっちゅうことは生きてるっちゅうことかな？」

「桃ちゃんは痛い？」

「痛くない」

「えーっ、そしたら桃ちゃん死んでんの？」

「でも、梅ちゃん生きてて、あたし死んでて、おしゃべりできるんやろか？」

「そやなあ。おかしいなあ」

「ということは、梅ちゃんもあたしも、二人とも生きてるんちゃうかな？」

「そう、かな？」

「そうやで。二人とも生きてるんやで！」

「うん。そうやな」

「梅ちゃん、起きれる？」

「先に桃ちゃん起きてくれやな、起きれやんわ」

「あっ、そうやな。ごめん」

桃子は腕に力を入れようとする。力が少し蘇ってくる。梅子の背中から右腕を抜く。次に左腕を抜く。上体を起こして桃子は全身を確認する。足はある。血の出ている所もあるが、擦り傷程度のものだ。桃子は膝に力を入れ右足を立てる。右足の骨も大丈夫だ。右足に力を入れて立ち上がる。次に左足にも力を入れる。桃子は両足で立ち上がって、両手で自分の体を頭から腕、胴体、両足と叩いていく。

「全部ついてる。大丈夫や」

そう言って梅子を見て、梅子に手を伸ばす。

「梅ちゃん、起きれる？」

両手で梅子の両手を持って、桃子は梅子を起こそうとする。

「待って桃ちゃん。あちこち痛いわ」

「起きれやん？」

「分からんけど。ゆっくりやったら起きれるかも」

「ほな、ゆっくり引っ張るわ」

桃子はじわっと力を入れて梅子を引き起こそうとする。梅子の上体が垂直になる。

「いたたたたた」

「どこ？」

「背中や」

桃子は梅子の背中を右手で触ってみる。

「あっ、そこや。そこ痛い」

桃子は梅子の上着をめくって痛いという部位を確認する。うっすらと血がにじんでいたが、それは銃創ではない。おそらく土手を転げ落ちるときに石か何かに思いっ切り打ちつけたものだろう。

「梅ちゃん、うたれてないで」

「そう。ほいたら大丈夫やな」

「ほなら起こすで」

「ゆっくりなあ」

「足に力入れてよ。右足から行くで」

桃子は梅子の右膝を立てさせて、両腕を引っ張る。梅子も右足に力を入れて立とうとする。

「せーのっと」

桃子の掛け声と一緒に梅子が立ち上がる。

「梅ちゃん、立てた！」

「うん。立てた」

「どう？　歩ける？」

梅子が左足を動かそうとする。

「痛っ！」

「どこ？」

「左足」

桃子は梅子のもんぺをまくろうとしたが、それは無理だった。仕方なく梅子をもう一度座らせて、もんぺを脱がすことにする。辺りを見回して誰もいないことを確認すると、ゆっくりと梅子のもんぺを脱がしていく。それは少女にとってとても恥ずかしいことだったが、相手が桃子だったことと、生きているか死んでいるか分からないくらいの非常時だったので、梅子は全てを桃子に任せる気持ちになっている。

「梅ちゃん。これあかんわ。左のひざからむこうずね、えらいやられてる。梅ちゃん見やん方がええ」

「そんなにひどいん？」

「うん。これやったら歩けやんわ」

「どなえしょう？」

「おぶっていくわ」

「そんな桃ちゃん無理や」

「大丈夫や。休みもて行ったらどうってことないわ」

「ごめんよ」

「ううーん。かめへんよ。あたし一人生き残ってもしゃあないやんか。梅ちゃん生きててくれてうれしいわ」

「あたしら、よう生きてたなあ」

「ほんま、よう生きてたわ」

「よかったなあ」

「ほんまや。よかったなあ」

桃子は梅子にもんぺを穿《は》かせ、おぶってゆっくり歩き始めた。

梅子の左足は銃撃を受けながら、それは辛うじてかすった程度のもので済んでいた。あのとき、桃子が振り向いた瞬間、銃撃を受けた土手の土が跳ね上がりながら迫ってくるのに驚きつまずいた。バランスを崩して土手から転げ落ちた。桃子と梅子はしっかり手を繋いでいた。桃子に引っ張られる形で梅子も土手を転がった。その一瞬、まだ土手に残っていた梅子の左足を銃弾がかすっていったのだろう。もし桃子がつまずいて土手を転がっていなかったら、二人とも、あるいはどちらか一人は確実に撃ち抜かれていたはずだ。

亀蔵は帰宅したのち、その話を聞いた。自分が銃撃されたとき以上の怒りが亀蔵の全身を包んだ。

（許さん。必ず撃ち落としたる）

怒りが火となって噴き出すかと思われるほどの形相の亀蔵だった。

紀ノ川は鮎漁が盛んだ。稚魚を育て春に放流する。五月の末に解禁されると大勢の太公望がつめかけ、等間隔に位置を取りながら釣り糸を垂れる。主流は友釣りだ。おとりの鮎に何本か針を仕掛け泳がせる。その鮎に体当たりを仕掛けに来た鮎が針に懸かるという仕組みだ。縄張り争いが激しい鮎の習性を利用した釣り方だ。

戦争が激しくなるまでは、六月ともなれば友釣りを楽しむ釣り人の多さで出店も出るくらいだったが、今は数えるほどの人影も見当たらない。仕事の次に娘の料理と鮎釣りが好きな亀蔵は、竜門橋の仕事以来しばらく仕事の依頼が入らなかったので、もっぱら毎日鮎釣り三昧だ。釣り客が少なかったからどこでも好きな場所を選べたが、亀蔵は竜門橋の真下を釣り場に定めた。

桃子たちが銃撃された次の日、亀蔵は米軍機撃墜用の仕掛けを竜門橋に取りつけた。橋の南端には亀蔵を模した人形を置いた。その人形を亀蔵だと見誤った米軍戦闘機が急降下をする。人形を銃撃したあと、急上昇するときが撃墜のチャンスだ。花子の計算ではチャンスは五回ある。人形の位置から北に十メートルの地点から始まり、十メートルおきに五十メートルまでの五地点。都合、五人の射撃手が必要だ。

棟梁の娘が撃たれたということを聞いた弟子たちは、こぞって協力を申し出たが、常時毎日、竜門橋に待機させておくわけにはいかない。弟子たちは大工仕事以外にも、家業の畑仕事をそれぞれ担っている。そういう点、亀蔵は、畑仕事を鶴子や星子に任せっきりだったから、気は楽だ。亀蔵は釣りをしながら敵を待つことにした。米軍爆撃機が北上すれば、その帰路、戦闘機が襲ってくる可能性が高まる。そのときに弟子の大工たちに集まってもらうことにしておいた。

そして、ついにその日が来た。六月二十六日。米軍爆撃機が大挙北上。亀蔵は大至急弟子に連絡をする。午後、弟子たちが集まってきた。その数、八人。全員が射撃手をやりたがった。天板は幅を半分に切断したことで、半分の力で倍の威力を発出できるようになっている。射撃手は五人あればいい。残りの三人はおとりになることになった。亀蔵の代わりに橋の南端で作業をしているふりをする。米軍機が急降下をしてきたら、銃撃されないように川に飛び込む。亀蔵は川原にいて撃墜のタイミングを知らせる指揮官を務めることにする。

亀蔵の振り下ろす腕のタイミングで次々と射撃手が石を発射する。第一射撃手の発射タイミングが一番重要だ。二番手以降は、先の射撃手が発射すれば、間髪を入れず発射していけばいい。第一射撃手の発射タイミングが狂えば、あとの射撃のタイミングも全て狂っていく。その重責は亀蔵の合図一つに掛かっている。

石は爆発はしないが、仮にも当たれば相当の損傷を与えることはできる。プロペラや燃料タンクなど、当たる場所によれば撃墜することも可能かもしれない。鮎を釣りながら待っていたのは、鮎の当たりではなく米軍機の当たりだった。

その当たりが来た。米軍戦闘機はいつものように和歌山方面から低空でやってきた。低空だから発見されにくく、空襲警報は発令されない。攻撃目標に達すると急上昇に転じ、そののち急降下するという攻撃パターンと思われた。

ブウォーン。

急上昇とともにエンジン音が高くなる。いつも通りだ。いつも通りでないのは、今日は撃墜されるということだ。亀蔵は全員に合図を送る。五人の射撃手は橋の下の持ち場に散る。三人のおとりは橋に上がる。

「絶対に撃たれるな！　最後は人形に任せろ！」

亀蔵は橋に上る三人に大声で叫ぶ。

「分かってまあーす」

三人は大きな声で応え、橋に駆け上がっていく。戦闘機は竜門山の頂に達した。軽く旋回をし始める。その動きはまさに獲物を探す猛禽類のように見える。そして機首を北に向け、いっとき静止したかに見えた次の瞬間、ジェットコースターが駆け下りるように急降下を始めた。それは、竜門橋をX軸としたまさにグラフ内だ。

「来るぞー！」

亀蔵は射撃手五人に気合を入れる声を掛ける。

「せーのーっ」

射撃手五人は、体ごと後ろに倒れロープを引く。ロープに繋がれた天板は、その先端に石を入れた空き缶ごと大きく弓なりに反り返る。

「逃げろー！」

亀蔵は橋の上のおとりの三人に叫ぶ。おとりの三人が川に飛び込む。

ビューン、ギュォオーン。

戦闘機からの激しく風を切る翼の音と、一段と高まったエンジン音が紀ノ川をつんざく。戦闘機の銃口が火を噴いた。同時に橋の天板が南の端から吹き飛ばされていく。

人形はどうなったか。それの確認に注力している余裕はない。幸い戦闘機は川原にいる亀蔵に気づいていない。それもそのはず、亀蔵は川原の石模様の迷彩服を自作してうずくまっていた。その形は近くで見たとしても、まったく川原の岩にしか見えない。

戦闘機が射撃を開始したということは、戦闘機の飛行の軸線が決まったということだ。つまり、今亀蔵に気づいたところで、その飛航路は変えられない。変えられる操縦士もいるが、それは一握りに限られる。亀蔵は川原に立ち上がる。大きく腕を挙げて合図を送る構えに入る。合図のタイミングは、戦闘機が降下から上昇に移るわずか一呼吸前。その瞬間に合図を送り射撃手が順に撃っていけば、五発のうちのどれか一発は当たるだろうという計算だ。

亀蔵はタイミングを測る。銃撃が終わった。ということは間もなく上昇に転じるはずだ。

ブウォーン。

エンジン音が変わる。戦闘機の機首の向きが変わる。

「今やあー！　撃てえー！」

戦闘機が、$Y=aX^2+10$の放物線を駆け上がる（aの値は不明のままだが）。第一射撃手が、$Y=X+10$の直線上を射撃する。二つの式の交点が撃墜点だ。実際はそう計算通りにはいかないだろうが、あとは職人の勘が勝機を見出すはずだ。第一射撃手が撃てば、間髪を入れず第二射撃手が、そして第三射撃手、そのあとすぐ第四射撃手、最後に第五射撃手が撃っていく。

ギュオオーワアーン。

戦闘機はさらに大きなエンジン音を残して機影を遠ざけていく。その中に確かに聞こえた。

　ガッ、ゴッ。

　明らかにエンジン音ではない金属音だ。石が当たった音。少なくとも二発。確かに当たった。おとりになった三人が証言する。飛び去っていく戦闘機から黒い液体が漏れていた。おそらく燃料かエンジンオイルだろう。燃料だとすれば、増槽に穴を開けたことになる。オイルだとすればほどなくエンジンにトラブルが生じ、戦闘機は墜落する可能性がある。その場での撃墜はできなかったが、かなりの損傷は与えたことは間違いない。事実、その戦闘機はその後舞い戻っては来なかった。

「くっそー！　落とせやんかったかあ」

　射撃を担当した弟子たちは悔しがった。

　後日、竜門山の向こうの村から噂が届いた。煙のようなものを出している戦闘機が何か大きなものを落としていったらしい。煙のようなものとは燃料かオイルだろう。燃料かオイルが霧状になって空中に散布されるような状態だったのだろう。発火を恐れた操縦士は穴の開いた増槽を切り放したのか。増槽なしで空母に帰艦できたかどうかはもちろん分からない。最悪、機体を海に捨て駆逐艦にでも助けられたか。それも分からない。しかし、このままで終わることはないはずだ。米軍機との戦い、その二回戦は亀蔵の辛勝。

（もう一度来るなら来い）

亀蔵は新たな闘志を燃やしていた。

機体が上昇に移る際に腹面を晒したときが、戦闘機撃墜のチャンスであることに間違いはない。しかし、同じ攻撃が次回も通用するとは思えない。敵も攻撃方法を変えてくるだろう。こんなちっぽけな橋一つに爆弾を落としてくるとは思えない。目標への進入位置を変えた急降下銃撃をしてくるかもしれない。今回は南の竜門山からの急降下だ。次回は北側から来るかもしれない。あるいは東側からか。それとも西側からか。また同じく南側からかもしれない。そう考えると迎撃装置を四倍にしなくてはならなくなってくる。

水平銃撃だったらどうなるか。南には竜門山があるから南側からの水平銃撃は敵も取らない。しかし、東、西、北からは十分水平銃撃が可能だ。とすれば、その三方向の水平方向の迎撃装置も用意する必要がある。そうなると、それはいわば竜門橋という「戦艦」の甲板に、銃砲のようにたくさんの投石機を用意しなくてはならないことになる。

それは無理や。撃ち手が混乱してしまう。敵がどの方角から来たとしても、一つの装置で対応できるようにしとかなあかん。どうすればええか。

亀蔵に新たな課題が生まれてきた。どの方角にも対応しようと思えば、投石機は回転板に乗せる必要がある。そうすると、必然的にそれは橋の上に固定しなくてはならない。そうなると、それは銃撃の格好の的になる。敵の銃撃よりも早く石を飛ばすことはできない。射程距離が違い過ぎるのだ。敵はアウトレンジ戦法でくる。こちらの射程距離外から銃撃してくる。こちらは敵に撃たれてから反撃することになる。となると、銃弾を防ぐ防御板が必要になる。グラマンの十二・七ミリ弾6門を防御する板となると、三十ミリ以上の鉄板が要るだろう。かなり大掛かりな装置となる。鉄という鉄は全て軍への供出で、手元には全く残っていない。

仕方ない。ここはやはり大工の腕を活かして木で作るしかない。

鉄の三十ミリの強度に見合う木の板となると、百五十ミリ以上は必要だろう。板を何枚も重ねて百五十ミリにする。その板と板の間に薄くてもいい金属を何か挟んで強化する。それを防御板として敵戦闘機と対峙する。

これはまさに戦争や。こちらの命が助かることばかり考えてたらあかん。敵も撃墜されたら命を落とす。こちらも命を懸けやんことには戦闘機の撃墜などできるもんやない。幸い今は仕事の注文は入ってない。木製の迎撃機を作ったる。問題は、今のままの投石機でええかどうかや。当たれば石でも機体に穴を開けることはできる。そやけど、穴では戦闘機を撃墜することはできやん。やはり何かを爆発させて機体を破壊せなあかん。そういう何かはないか。爆弾はない。大工の仕事には、発破を掛けるような現場はない。爆発物は持ち合わせてない。何かないか。

亀蔵の考えはそこで止まってしまう。

まあええ、あとはまた娘たちの知恵を借りることにしよか。

梅雨はまだ続いている。細かい雨の脚が紀ノ川の川面を叩いていた。

## (五)

七月に入ると桃の収穫が本格化してくる。鶴子、星子、月子は朝早くから桃畑に出ていく。亀蔵は今は取り急ぎの仕事が入っていないから、一日中でも迎撃機の作製にかかりっきりになれないこともないが、収穫される桃の搬出作業にはやはり男手が必要だから、昼間は亀蔵も桃畑に駆り出される。星子と月子が収穫してくる桃を、鶴子が大きさを峻別して次々と箱詰めする。それを亀蔵が一輪車で畑から運び出し、道に停めてある荷車に積み込んでいく。きれいな流れ作業が展開していた。

運搬作業は頭を使う必要がない。亀蔵にとっては、撃墜機製作のための格好の思索のひとときだ。大掛かりな装置を作ることになる。時間は限られている。何台も作る必要はない。必ず撃墜できる完璧な迎撃機を一台作って、今度こそ乾坤一擲の勝負を掛ける。亀蔵は一輪車に満載した桃の箱を運びながら考えていた。一輪車は便利だ。車輪は車を押せば前に、車を引けば後ろに回転する。車輪そのものは、前回転後ろ回転しかしないが、車の押し様で、右へも左へも自在に方向を変えられる。

これは使えるかもしれんなあ。一輪車の上に迎撃機を搭載した状態を頭に描く。前後左右の動きは容易にできそうだ。しかし、一つ難点がある。安定がよくない。撃墜機はかなりの重量になるはずだ。左右への方向転換時に横転でもすれば、目も当てられない。敵は一秒で二百メートル近く突っ込んでくる。横転した迎撃機を起こしているうちに蜂の巣にされてしまう。さてどうするか。答えは簡単に導き出せた。車輪を左右に一つずつ付ければいい。一輪車ではなく二輪車にすれば安定する。敵が攻撃の軸線に乗れば、その軸線に二輪車を向ければいいわけだ。これで一つ問題は解決した。

次は、仰角だ。敵が水平に突っ込んでくれば、ことは簡単だ。迎撃機も水平を保って設置しておけばいい。しかし、角度をつけて突っ込んでくる場合、こちらも上向き角度をつけて、つまり仰角を計算して迎撃しなくてはいけなくなる。その操作をどうするか。俯角は考える必要はない。橋より下方から敵機が襲ってくる攻撃は考えられない。敵機は必ず橋の上方から来る。しかし、仰角となると持ち手を持ち下げなくてはならなくなる。重い機材を積んだ一輪車や二輪車の持ち手を下げるのはとても無理だ。仮に下げられたとしても、せいぜい仰角二十度くらいが関の山だ。それでは急降下銃撃に対応できない。やはり二輪車に乗せた機材そのもので仰角をつける工夫が必要だ。

その工夫はほどなく思いついた。二輪車の左右に一本ずつ柱を立て、その柱と柱に棒を通す。その棒に迎撃機を設置すれば、七十度くらいまでの仰角は調整できる。問題は、そこに設置する迎撃機だ。前回使った投石機は大き過ぎる。しかも投石機では完全な撃墜はできない。もっと小さく軽量で使い勝手がよく、できれば多連装がいい。一台から一発しか発射できないようでは、撃墜の可能性は著しく低くなる。

できたら六発は撃ちたい。相手が六連装なんやから、こっちはそれ以上の連射ができたら言うことなしや。しかし、そういうことができるかどうか。亀蔵の思案はそこで止まってしまった。

亀蔵は収穫された桃を荷車で家の倉庫に運び込んだ。倉庫は二棟あり、西側の倉庫は亀蔵の作業場、東側の長屋門と棟続きの倉庫が桃のための倉庫だ。門を潜ってすぐ左手のすぐ目につく倉庫に積み上げられた桃の箱は、国民学校から帰った桃子には壮観だった。

「うわあー、夏来たんやなあー」

「まだ梅雨明けてへんけどな」

「でも、桃見たらうれしいわ。夏やなあって」

「うん。今年の桃もようできてるわ」

「お父ちゃんも桃のでき具合分かるん？」

「あほ。それくらい分かるわ」

「ふうーん。そやったんや。大工しかできやんって思てたけどな」

「桃農家に婿に来て二十年以上や。お前よりは分かるつもりやで」

「そやな。でも桃ってええなあ。桃の季節が一番好きや」

「お前の名前やからな」

「うん。でも何であたしのこと桃子って付けたん？」

「桃みたいにかわいかったからや」

「へへへへ。そうやったん」

「ああ、お尻がな」

「なんやそれえー。あほちゃう！」

「まあこの桃見てみい。ほんまに赤ちゃんのお尻みたいやろ」

「お姉ちゃんらはどうやったん？　お姉ちゃんらのお尻かって桃みたいやったんとちゃうん？」

「そらまあ、そやったけどな」

「ほならなんでお姉ちゃんらに桃ってつけへんかったん？」

「お母ちゃんが宝塚好きやったからや」

「宝塚？」

「そうや。星組、月組、花組やな」

「はあ？　だから星子、月子、花子なんか」

「そうや」

「そんなら、もしあたしが男の子やったらどうしたん？」

「そらお前、やっぱり桃太郎やないか」

「はあ？　……」

「そんなことより、どうな。その桃食べてみるか」

「うん」

亀蔵は井戸の手押しポンプを押して手を洗い、包丁を持ってきて器用に皮を剥く。桃子も手を洗う。

「ほれ。食べてみい」

「うん」

桃子は大きく口を開けて桃にかぶりつく。

「どうや」

「うん。うまい。まだちょっと固いけど」

「まあしゃあないわ。一番うまなるんは、やっぱり祭りの頃やさかえな。ちょうど土用や。だいたい夏のもんはその頃が一番うまいんや」

「ふーん。そうなん。そういや祭りは今年あるんかなあ」

「さあ、どうやろなあ。こんなご時世やからなあ」

「やってほしなあ。お父ちゃん橋造ったんやさかえに、粉河に行きやすなったし。花火見たいなあ」

「花火か」

「うん。粉河祭の打ち上げ花火すごいやん。何連発もあるやつ」

「何連発？」

「うん。一発ずつ上がる大きな花火もええけど、やっぱり連発花火やな。迫力あるわ」

亀蔵は桃子の顔を見たまま動かなくなった。桃子はそんな亀蔵には気づかずにおいしそうに桃を食べている。亀蔵は急に立ち上がった
「桃子。お父ちゃんちょっと行ってくるとこできたさかえ、畑へ行ってお母ちゃんにそう言うてきてくれ」

それだけ言うと、倉庫から出ていってしまった。

「えー。桃運ぶのどうすんのよ！」

「お前がやっとけー！」

姿は見えなくなっているが、長屋門の外から叫ぶ声が聞こえる。

「もうー。お風呂焚きもあんのにー」

何か思いついたらすぐに行動に移してしまうところは、桃子も全く同じだから、それ以上の文句は言いたくても言えなかった。


亀蔵が戻ってきたのは、花子が晩ご飯の用意を全て終えた頃だ。

「ほんまにもう！　ちゃんとその時間には帰ってくるんやから。お風呂はどうすんの？」

少しふくれっ面を見せながら桃子が聞く。

「おお。ちょっと浴びてくるか」

「ほんまにい。早よ行ってきて！」

桃子は亀蔵が飛び出していってから、目が回るくらい忙しい思いをした。母と姉たちがいる桃畑に駆けていって事情を説明したあと、母が箱詰めした桃を荷車に積み込んで家に運ぶ。いったい何往復したことやら。それから大急ぎでお風呂を沸かして亀蔵の帰りを待っていた。

花子はそんな桃子の立ち回りなどには全く無頓着でいつもと変わらず晩ご飯の用意を

粛々と進めている。へとへとの桃子はそんな花子を羨ましそうに眺めながら言う。

「花子お姉ちゃんは、なんでいっつも、そんなに落ち着いてれんの？　あたしは、いっつも走り回ってるのに」

「せんなんことをいつも通りにやってるだけやで」

「それがすごいわ。いつも通りになんかできやんわ」

「周りは周り。あたしはあたし。あたしは自分のできるようにしかできやんだけや」

亀蔵がお風呂から出てきた。全員揃ったところで、晩ご飯が始まる。キュウリ、ナスビ、トマト、シシトウ。家庭菜園の野菜がふんだんに使われている。亀蔵が釣り上げた川魚もたくさんある。都会では食料事情が悪化しているとのことだし、戦地へ輸送できる日持ちの効くものについては供出しなくてはならないが、野菜などは足が速いから自産自消。自分たちの作った物は自分たちの口に入れられる。

「花子お姉ちゃんの天ぷらはやっぱりうまいな」

「キュウリは天ぷらちゃうで」

「グッ」

すかさず花子の突っ込みが入る。

「お母ちゃん、今年の桃もうまいなあ」

桃子はすぐさま方向転換する。

「もう食べたんか。そうか、うまかったか」

「お父ちゃんがむいてくれたんや」

話が亀蔵に向いたところで、ここぞとばかりに星子と月子が口を開く。

「お父さん、桃の仕事ほっぽり出してどこ行ってきたん？」

「そうや、そのあと大変やったんやで。桃ちゃん来てくれたさかえ助かったけど」

なんだか父親が責められ出したような展開になって、桃子も身をすくめて事の成り行きを見守っているが、それは決して自分のせいではないでと言う気持ちが桃子の頭の中では渦巻いている。

「あっははは。すまんかった。すまんかった。いやあー、ええ案が浮かんだと思ったら体が勝手に駆け出してたんや」

「ええ案って、またグラマンですか？」

難しい顔をして鶴子が言う。

「そうや。わしだけやない。桃子や梅ちゃんにまで危害を加えおったやつは絶対に許せやんさかえな」

「お父さん、もう止めてください。お父さんも桃子や梅ちゃんも幸い無事やったやないですか。これ以上やって、もしほんまに命落としたらこの子らはどうなりますか？　私一人やったらどうにもできません」

「やられるようなことは絶対にない。その方法を思いついたさかえ、あちこち掛け合ってきたんやないか」

「どんな方法なん？」

桃子が真っ先に目を輝かせて聞く。

「お前がヒントをくれたんや」

「あたしが？」

桃子のおかげで鶴子からの攻撃をかわせたと思った亀蔵は、気を良くして語り出す。

「そうや。お前の言うた祭りの花火や。何連発も一気に上げれる連発花火。こいつを束にして台車に乗せておく。台車は二輪車や。二輪車やったら安定するし、方向転換も簡単や。角度を調節する装置はわしが作る。今日聞いた話やったら二十連発まではいけるっちゅうことや。しかも飛ばせる距離は百メートル近い。問題は風と雨やけど、風が強くて雨が降ってるときはグラマンも来んやろう。あいつらかって視界の悪いときに出撃することはないやろさかえな。あとはその花火を提供してくれる花火業者は粉河にはおらんさかえ、和歌山まで行ってこなあかんのや。幸い祭りの実行委員会に顔が利くさかえに、和歌山の業者に紹介状書いてもらえた。善は急げや。明日行ってくるわ。帰りはご前様になるやもしれん。そやからまた桃の手伝いできやん。すまんなあ」

星子と月子は、やれやれと言う顔で亀蔵を見ている。思いついたらすぐ行動、言い出したらもう誰が反対しても無駄というところが亀蔵の特徴だ。それは亀蔵のいいところであるし、悪いところでもある。少々無鉄砲だが、男気があって自分の損得よりも周りの人の幸せを考えるところが、亀蔵の魅力だ。弟子たちもそんな亀蔵に心酔している。しかし、一歩間違えば、命に関わるようなことがこれまでにも幾多となくあったことは事実だ。そんな亀蔵の性質を余すところなく受け継いだのが桃子だが、その桃子が、またよりによってこんな危険なことの計画のヒントを与えるとは。いつものことながら頭の痛い鶴子だった。桃子は、何気なく思ったことを口にしただけだろうが、それを亀蔵がグラマンに結びつけたということは分かっている。しかし、この亀蔵と桃子のコンビを何とかしなければ、この先また何を仕出かすか分かったものではない。そんな心配を鶴子がしている矢先に、早速桃子が亀蔵に言い始めた。

「お父ちゃん、あたしもそれ作るの手伝うわ。ええやろ。何てったってヒント出したんは、あたしやさかえな！」

「おお。もちろんや。今夜はまず設計図書きや」

「分っかりましたあー！」

桃子は兵隊のように挙手の敬礼をする。

「桃子。いけません。あなたは他にすることあるでしょう！」

思わず鶴子が叫ぶ。

「ないよ。なえって授業なんかいっこもしてへんもん」

## (六)

亀蔵が和歌山の花火師を尋ねたのは、七月九日だった。花火師の家は和歌山城の南、寺町通りの外れにある。花火師は年の頃は亀蔵と似たりよったりといったところだ。顔色は浅黒く、全ての指先から真っ黒な薄光が放たれているような感じを受ける。おそらく火薬を扱うからやろうと亀蔵は思ったが、それは口にはせず、粉河祭実行委員会からの紹介状を差し出す。紹介状を一渡り確認してから花火師は頭を上げて亀蔵に言った。

「竜門村の大工の亀蔵さんな。名前はよう知ってます。ここら辺りの橋も直してくれたさかえなあ。ほんで、その亀蔵さんが今日は何ですか？」

「おたくさんが作ってる花火玉を四、五十個、売ってもらえやんかと思いましてな。どうですやろか？」

それを聞いた花火師は、改めて亀蔵の顔にじっくりと目線を向ける。

「何でですやろかな？　花火を上げるんなら、それはわしらの仕事です。わしらが上げに行きますわ。あんたさんが買わなあかんという訳が分かりません。何のために買いなさるんですか？」

亀蔵はグラマンによる銃撃事件とその撃墜対策とを事細かに説明する。それを黙って聞いていた花火師は「ふーん」と大きな息を一つ吐いたが、その後はまたしばらく黙ったままだ。亀蔵はなおも説明と説得を続ける。無謀なことは分かってる。次回は弟子は使わず己一人でやる。本来なら陸軍の防空部隊が迎撃するもんやが、今は迎撃のための十分な戦闘機は、もはや日本にはない。村民の命を守るのは我々の務めや。亀蔵はそれらを花火師に力説した。花火師が口を開く。

「棟梁さん。あんたのおっしゃることはよく分かります。娘さんを狙われたあんたの怒りもよく分かります。しかしや、ここが考えどころなんですわ。わしら花火師は、何のために顔を真っ黒にして指に火傷を負ってまで花火を作っているか。それはみんなの笑顔が見たいからなんです。みんなの歓声が聞きたいからなんです。火薬を使ってますから使い方によったら爆弾と同じような効果は期待できるかもしれません。打ち上げ花火やったら砲撃のようなこともできるでしょうな。その連発を考えたあんたさんはさすがです。しかしわしら花火師が花火を砲撃に使うような真似はできません。実際に撃つのはわしらでなくても、それを売ったのがわしらやったら同じことです。これはわしだけやない。どこの花火師に聞きに行ってもろても同じことですわ。花火を砲撃に使ったら最後、それはもう花火師やない。廃業せなあかんことになってしまいます。疑うなら、他の花火師を訪ねてみるとええ。どこに行っても同じことです」

花火師の言いたいことはよく分かる亀蔵だが、しかしこのますごすごと帰る訳にもいかない。他の花火師を訪ねてみることにした。何軒かある花火師に行ってみたが結果は言われた通りだった。花火師廻りをしている亀蔵の顔に、疲れと諦めの色が浮かび始めた頃、夏の陽は沈み、巷には夜の帳《とばり》が垂れ込め始めていた。

「腹が減ったな。さてどうするか」

思案した亀蔵だが迷うことはなかった。もう一度、最初の花火師の所に行くことにした。花火師はまだ作業場で作業をしていた。ちらりと亀蔵に目を向けはしたが、花火師は構わず作業を続ける。亀蔵は黙って作業を見ることにする。

一玉一玉丁寧にこねられて作られていく。その手つきはまるで生まれたての赤子を慈しんでいるように思える。出来上がった花火玉が整然と並べられて乾かされていく。それらを眺めていると、花火師が言った言葉の意味が腑に落ちるような気になってくる。花火師がこねていた花火玉を棚に置いた。そして、腕を思いっ切り上に伸ばしてから亀蔵の方を振り返って口を開く。

「今日これから時間あるかな？　よかったら、ちょっとどうかな」

そう言って、右手を口に持っていってちょいっと傾ける。

「いける口なんやろ？」

亀蔵はもちろん大きく頷いている。

「ほなら、ちょっと待っててくれるかな。すぐ着替えてくるさかえ」

花火師は笑みを残して作業場を出ていく。亀蔵は、すーっと疲れが消えていくような気がした。


酒は配給品だ。戦時下、いつ米軍の爆撃があるか分からない情勢の下、灯火管制が敷かれている町中で夜に呑ませてくれる飲み屋があるのか。そんな亀蔵の心配をよそに、花火師は町中をずいずいと歩いて、とある街角の店に亀蔵を誘う。すでに暖簾《のれん》は外されている。

「あらっ、いらっしゃい」

その店の女将と覚しき小粋な女性が花火師に笑顔を見せる。その笑顔は水商売の女性特有のものではあるが、亀蔵にはそれとは別の意味合いの含まれる笑顔であるようにも思われた。亀蔵は男女のそういった機微にさほど明るくない。大工仕事一筋、鶴子一筋の律義者だ。女将と花火師のことは詮索するまいと亀蔵は思う。それよりも花火師がなぜ呑みに誘ったのか。そちらの方が今は大事だ。

わしの申し出をにべもなく断っておきながら、呑みに誘うなど、いったいこの花火師は何を考えているのか。女将がつきだしを運んでくる。

「暗くてごめんなさいね。灯りが漏れると明日から商売させてくれやんのでね。まあ、あんたとは商売抜きやけど」

花火師は渋い顔をしてみせる。亀蔵の方を向いて言い繕った。

「こいつの言うことは聞き流しておいてくれてええ。こいつとはガキの頃からの知り合いでしてな。今じゃあ呑み友達みたいなもんです。それだけですわ」

「ふん。それだけってなんよ。あんたが大変なときは、いっつもあたしに頼りに来るくせに」

男女の機微に疎い亀蔵にもあらかた理解できた。女将にはその気があるようだが、花火師はそんな女将の気持ちに気づきながら、自分のよき理解者として都合のいいときだけ女将を頼っているようだ。

女将が酒と料理を運んでくる。差しつ差されつ、二人は盃を取り交わす。酒とは何と素晴らしきものか。つい先刻までは見ず知らずであった者たちを、今は旧知のような仲にしてしまう。亀蔵と花火師とはすっかり打ち解けた。元々が酒好きな者同士であった上に、それぞれの道の第一人者でもある。意気投合しないわけがない。

花火師は仕事に命を懸けていると言った。文字通りに受け取っていい言葉だろう。もとより火薬を使う仕事だ。寸分のミスも許されない。万が一、火薬の調合や打ち上げにミスがあれば、それは人命に直結する。それが自分の命であれば、仕方がないと言えるかもしれない。しかし、もしそれが見物人の命となれば、花火師は廃業を余儀なくされる。命懸けというのは掛け値なしの言葉だ。

同じことは亀蔵にも言える。亀蔵が造る家屋や橋梁に設計上や施工上のミスがあれば、それを利用する施主や地域の人々の命に関わることになる。寸分の狂いもなく完成品を依頼主に届けるということにおいて、亀蔵も命を懸けて仕事をしていることに変わりはない。

花火師は見物人の喜ぶ顔を見たり、歓声を聞いたりすることが何より嬉しく励みになると言った。それは亀蔵もまったく同じだ。依頼主の喜ぶ顔は何よりの報酬だ。自分が造った物はただの造形物に過ぎないが、そこにそれを使う人々の喜びが加わったときに、その造形物に命が吹き込まれる。つまり、物を生み出したときを起点として、それ以後の時間と空間に責任を持つという意味で、大工と花火師の思いは全くの一致をみたのだった。

そうやって何時間呑んでいただろう。女将が外の様子がおかしいことに気づいた。灯りが漏れないように気を使いながら、女将が外の様子を見に行く。戻ってきた女将の顔が緊張で引きつっていた。

「あんたら、こんなことやってる場合やないで。お城が燃えてるんや！」

女将が何を言っているのか、瞬時には理解できなかった。二人をどやしつけるように女将が大きな声でもう一度叫ぶ。

「お城が燃えてるんやって！　やられてるんやってよお。空襲やで。どうする？　近くの防空壕へ逃げる？」

女将の激しい剣幕に、酔いから覚め、ようやく正気を取り戻した顔になった二人は、取りあえず外に出てみることにする。

「それやったら危ないで。これ被っていかんと」

女将が渡してくれたのは座布団だ。それで頭を覆い、二人は階段を上がっていく。二人が呑んでいたのは、地下の倉庫を改造した一室だったようだ。一階では外に灯りが漏れるかもしれない。米軍に見つかってはいけないという理由もあるが、夜に店を開いていることが近所にばれないようにとの女将の配慮があってのことだ。

外に出て亀蔵はしばらく声が出なかった。天守閣が燃え落ちようとしている。和歌山の街も火を噴いている。街全体が夜空という大きな釜を焚く薪になったかのような錯覚を覚える。亀蔵たちのいる場所は、城からはかなり南に位置していると見えて、爆撃目標からは外れているようだ。しかし油断はできない。どうやら第一波の爆撃は終了したようだが、第二波の爆撃があれば城の南側も狙われるかもしれない。逃げるなら今だったが、さいわい風は南から北に吹いている。今は城の北側が集中的に狙われている。風向きを考えるとその火は南側には来ない。第二波がなければ逃げる必要はない。空襲警報は鳴り続けている。それが聞こえなかったのは、地下室にいたこと、酒が入っていたこと、そして話に夢中になっていたからだろう。酒臭い息で防空壕に行くことは憚られる。

「呑み直すぞ」

花火師のその声で我に返った亀蔵に、もちろん異存はない。

「あんたら何言ってんねよ。逃げやな焼かれて死んでまうで」

「次来れば全部焼かれてまう。どこへ逃げても一緒や。それより棟梁、撃墜方法を呑みながら考えるとしよか」

亀蔵の顔に驚きの色が浮かぶ。

米軍の空襲は大都市には一トン爆弾と焼夷弾による絨毯《じゅうたん》爆撃だが、地方都市の場合のそれは焼夷弾攻撃が主だ。落とすと火を噴く仕掛けになっている鉄製の缶を風上から進入した爆撃機がばらまく。噴き上げる炎は木造家屋の街をたちまち火の海に溺れさせる。火は津波のように風下を襲う。亀蔵たちのいる場所が風上だったことが幸いした。その夜、それ以後の空襲はなかった。

「和歌山城を燃やして、街を火の海にした米軍は許せん。あんたに協力する。わしは花火玉で爆弾を作ってあんたに提供する。だからあんたは、わしにわし用の迎撃機を作ってくれ」

呑み直しながら、亀蔵が迎撃機の案を花火師に語ると、花火師は、それと同じものを自分にも提供してくれと言ったのだ。

「あんたの気持ちが本当によく分かった。わしも同じ思いや。わしにもやらせてくれ。あんたの花火玉の代金は、わしの迎撃機の代金と差し引きゼロということでどうや？」

もちろん亀蔵に異存のあろうはずはなかった。

## （七）

和歌山大空襲の模様は竜門村からも窺い知れた。九日の真夜中、西の空が真っ赤に燃え上がり、それはまるで真夜中の夕焼けのようやったと、鶴子から聞かされた。鶴子は夜が明け次第、星子と月子を連れて亀蔵を探すために和歌山に向かおうと考えていたのだ。亀蔵が帰宅したのは夜明け前。酔い覚まし方々、歩き通して竜門村に帰ってきたようだ。

「昼過ぎまで寝る。桃の手伝いはその後にしてくれ」

「桃なんかいいから。いくらでも寝てください。ほんまによう帰ってきてくれたもんや」

真っ赤に腫らした目でしっかりと亀蔵を見ながら言った。鶴子は一睡もしていなかった。

「お母さんも寝ときなあよ。桃はあたしらでやっとくから」

星子が鶴子の肩に手を掛けて言う。

「そやで。仲よく寝ときなあ」

月子も大人びたことを言う。

「ほなまあ頼んどくか。昼からは行くさかえ」

星子と月子は顔を見合わせて頬を緩める。

「和歌山がやられたとなると、ここらもおちおちしてられやんな」

「ええーっ、ここらも空襲されるん？」

ようやく起きてきた桃子が話に参加する。

「もう銃撃されてるやんか」

花子はいつも冷静だ。

「来るなら来いや。お父ちゃんなあ、和歌山ですごい味方作ってきたんや。すごいもん作ったるで」

「ほんまあ？　どんなん？」

「ああ、空襲のゴタゴタですぐには無理かもしれやんけどな。すごいもんが届くんや。それを乗せる台座を今夜から作らなあかん」

桃子はそう言う亀蔵に熱い視線を向けている。その視線に亀蔵は当然気づいている。

「手伝いたいんか？　もちろん手伝ってもらう。これはお前と梅ちゃんの敵討ちやからな」

「やったあ！　早よ帰ってきて手伝うわ。花子お姉ちゃんも一緒にやろー」

「あたしはいいよ。夜はしたいことあるから。桃ちゃん頑張りなあ」

「うーん。しゃあないなあ。ほんなら何か困ったことできたら助けてな」

「はいよ」

「よっしゃあー。ほな行ってきまあーす」

「もう行くんかえ。まだ梅ちゃん食べてないんとちゃうか？」

「食べてるよ。今日は早よ行くって言うてたから」

桃子は言うが早いか、もうそこいらにはいない。亀蔵はお風呂場で水を浴び、髭もすっきりと剃った。髪を乾かし布団に横になり目を閉ざしたが、眠りに陥ることはなかった。まぶたには焼け落ちる和歌山城が蘇ってくる。火の海と化した街から噴き上がる炎が、地獄の業火のように思われ、今も身震いがする思いだ。

花火師が言っていた。打ち上げ花火は見物客に見せることを目的としている。百メートル離れた見物客が、気持ちよく見上げられる角度を考える。四十五度の角度が一番見やすい。四十五度の角度をつけるなら、垂直に百メートル打ち上げればいい。しかし、それを水平方向に打つと百メートルは無理だ。一秒間に二百メートル近く飛ぶグラマンは、それくらいの距離から撃ってくる。二百メートルの距離から撃たれる十二・七ミリ弾6門に耐えたあと、二十連発の花火玉を打ち上げなくてはならない。

それで勝負になるか。まずは敵機の銃撃に耐えるだけの装備が必要になる。それは亀蔵の担当だ。百五十ミリの装甲板を作れば、それは可能だ。問題は、敵機の飛行速度。敵機が銃撃を始めてから飛び去るまではわずかに一秒。それで反撃ができるか。気がついたときには敵機はもういない。背後からは撃てない。一秒で二百メートル近く飛び去っている。撃ったとしても、背後からでは相手はすでに射程圏外にいる。

正面攻撃しかない。同時に撃つか。敵機は瞬時に近づいてくる。射程圏外だったとしても、次の瞬間には圏内に入ってくる。それなら敵機が銃撃の軸線に乗った瞬間に攻撃すればいいのではないか。ただ、それだと同時打ちとなる。

(敵は実弾。こちらは花火玉。勝負になるか……)

なる！　亀蔵はそう考えた。敵は実弾とはいえ六門だ。こちらは花火玉とはいえ二十連発。一回の射撃では十四発こちらが上回っている。十分に勝算がある。亀蔵は、花火師が不敵な笑みを浮かべながら言った言葉を思い出した。

「フフフ。見物客に見せることを考えへんかったら、花火は爆弾と同じやからな」

昼前に一回、夕方に一回、桃畑に行って荷運びをする以外、亀蔵は作業場に籠もりっきりになって迎撃機作りに没頭した。前面の装甲には木材の中でも最も堅い樫の木の三十ミリ材を五枚重ねた合板を作る。その板と板の間には厚めのトタンを挟み込む。これなら敵の十二・七ミリ弾も弾き返すことができるはずだ。あとは花火玉を打ち上げる発射筒を設置するだけだ。横に四門、縦に五門、計二十門。寸法は花火師の指示通りにした。それを水平方向から、仰角七十度までの範囲で動かせるようにしなくてはならない。そしてもう一つ、二十門もの花火玉となるとかなりの反動が生じることになる。その反動に耐え得るだけの台座、つまりは砲塔が必要になるとの花火師の話だった。

二輪車ではその反動に負けてしまうと言っていた。そうなると、どっしりと固定された土台が必要になってくる。固定された土台は亀蔵なら簡単に作ることはできる。しかし、土台を固定するとなると、その上に回転板のような物を載せる必要が生まれる。敵の侵入方向によっては、瞬時にそちらに発射筒を向けなくてはならないからだ。三百六十度の範囲をカバーできる回転板の上に、七十度の仰角をつけられる発射筒を載せる。これはもう本格的な多連装砲と言ってよかった。

花火師は、それを自分の分も作ってくれと言った。わしにも戦わせてくれというのだ。和歌山城は和歌山の住民の誇りだと言っていた。その和歌山城の敵を討つというのだ。

花火師から連絡が入った。新しく作った花火玉を持っていつでも竜門村に行けるとのことだ。亀蔵は台座の製造を急がなくてはならなくなった。ハンドルを回せば、水平方向に自在に回る回転板を木製のギアで作る。ギアを金属で製造できればいいのだが、亀蔵には金属加工はできない。試行錯誤の繰り返し。花火師との約束日は一週間後。昼前と夕刻の桃の荷運び以外は、作業場に籠もりっきりになった。

学校から帰宅し、お風呂を沸かし終わった桃子も作業場に顔を出して手伝う。何度も何度も失敗を繰り返し、花火師の来る前日、ついに台座が一台完成した。あとは発射筒を装填するだけだ。しかし、亀蔵は作業中ずうーっと耳の奥底に貼り付いていた言葉が、今も気になっていた。「どの花火師を訪ねても同じ」と言った花火師の言葉だった。

翌朝、花火師から連絡が入った。粉河の駅に到着して、竜門橋を目指して歩くとのことだ。亀蔵は急いで竜門橋に向かう。亀蔵が橋の南端に着いたとき、ちょうど北端から見覚えのある花火師と覚しき影が、橋の上を歩いてくるところだった。二人は橋の真ん中で再会した。

「遠いところよく来てくれましたな。疲れたでしょう。まずは我が家で休んでください」

「いや、たいして疲れてはおりません。それより、ここですか、現場は」

花火師は、橋の上からぐるりと辺りを見回しながら亀蔵に尋ねる。

「そうです。最初にわしが襲われたのは橋の南端です」

亀蔵は橋の南端を指さしながら言う。花火師は亀蔵の指さす方を見ながら尋ねる。

「よく逃げられましたな」

「必死でした。グラマンが真っ直ぐわしを目がけてきたもんやから、こらあやられるっと思った瞬間には川に飛び込んでましたわ」

花火師は橋の下を覗き込む。梅雨時期のことで川の水はかなりの量が確認できる。花火師はしばらく川の流れを眺めている。荷物を橋の上に下ろしてから言った。

「まだしばらくは梅雨が明けませんな。花火の大敵は雨です。雨の中でも上げられないことはありませんが、かなりの制約を受けることは事実です。一旦湿るともう上げることはできません。わしが今回持ってきたのはただの花火玉やない。花火は火薬と火で美しい花を空に描くもんですが、原理は爆弾と同じです。飛び散らせる火薬を金属片に変えれば、殺傷力のある強力な爆弾になる。わしが初めて作ったその爆弾を、今日は持ってきました。ここで試射してみたい。どうです？　できますか？」

亀蔵は花火師の言葉をある種の驚きを持って聞いていた。花火師は亀蔵の依頼を当初は断った。しかし、和歌山が大空襲を受けた夜、花火師は大きく生き方を変える。今の花火師の言葉からそれを強く感じ取ることができる。和歌山のシンボルであり、精神的な支柱であった和歌山城の炎上。歴史のある市街の消失。それらが花火師の人生観を大きく変えたのだ。

「わしは花火師であることを辞めて、これを作った。これを作ろうと思った時点で、わしは花火師でなくなった。これをぶっ放したとき、わしは、殺人者になるかもしれん。しかし、それでもわしは、やらんわけにはいかんよになった。あんたにもそんだけの覚悟がありなさるか?」

「もちろんです。わしは自分や娘のためだけにこんなことを考えたわけやない。これはわしの日本人としての意地です。ただ、あんたに会ってちょっと考えが変わりました。まあ聞いてください。大工は木の命を一旦は奪う。しかし、そこからまた新しい命を生み出すんです。木を生かすんです。わしには戦争のことは分からん。そやけど戦争で命を奪うなら、そこからまた別の新しい何かを生み出さなあきません。あのグラマンのやってることは戦争やない。ただの遊びや。遊びで人を殺すことは許せん。そこからは何も生まれはせん。そやからわしが教えてやろと思たんです。グラマンを落とせんでもええ。あいつに自分のやってることの愚かさを思い知らせてやろうって思たんです」

亀蔵の話を聞いていた花火師の顔が、にわかに緩んできた。

「あんたはすごいな。わしは、ただもう米軍への復讐心だけでこれを作ってきた。あんたみたいな気持ちになれれば、花火師を辞めやんでもええかもしれやんなあ」

「ええ、辞める必要はありません。二人でグラマンの度胆を抜いてやって、それで終わりにしましょう。その後はまた、それぞれの道に戻ればええ」

「あんたのお蔭で気が楽になりました。あんたはやっぱりすごいです」

「いやあ、あんたにそんなこと言われたらこそばゆい。わしはあんたの言葉で目を開いたんやさかえ。初めてあんたの仕事場に行ったとき、どの花火師を訪ねても同じやと言われた。あれでわしは目が覚めたんです。あんたのおかげです」

　花火師は、人を殺すために花火玉を作っているわけやないという意味のことを亀蔵に言った。花火玉には強力な火薬を使う。まかり間違えば、あるいは目的を違えれば殺傷力のある爆弾を作ることも可能だ。しかし、人に危害を加えるような花火師は、花火師を名乗る資格はない。花火師の心意気のようなものが亀蔵の心に響いた。

　大工は刃物を使う。使い方を誤れば、人に危害を及ぼすのは花火師と同じだ。道具は正しく使ってこそ、それを人のために活かすことができる。大工としての誇りを失わずに済んだのは、花火師のお蔭だと亀蔵が言うのはそういうことだ。

「そしたら二人で度胆抜いてやりましょう。わしの迎撃機はもうええ。そやけど一回試射したい。どうです。できますか?」

「するんやったらここしかないですな」

「そやけど、ここでぶっ放したら憲兵飛んでくるんとちゃうかな」

「そうやな……、うーん。――そうや! ええこと思いついたわ。そもそも花火を思いついたんは、娘の一言が始まりやったわ。それでいこ」

「どうするんです?」

「祭りです。粉河は毎年この時期に粉河祭がある。戦争でこの二年は中止になってるんやけど、でも皆祭りを見たくてうずうずしてるんです。まあ祭りそのものは今年も無理やろけど、代わりに花火だけでもって頼んでみます。戦意高揚のため花火上げるって言うたら、うまいこといったらやらせてくれるかも分かれへん。その花火上げたときに試射したらええんと違うかな」

その後、亀蔵は花火師を自宅に招き歓待した。和歌山の方は食料事情が苦しくなっているとのことだが、田舎の竜門村では自家栽培の野菜はふんだんにある。季節の野菜や亀蔵の釣った鮎でもてなした。花子の料理が振る舞われたのは言うまでもない。

午後、亀蔵は花火師とともに粉河の町役場を訪れ、花火興行の許可を申請した。戦意高揚という興行の趣旨には賛同を得るが、見物客を大勢集めるようなことは時局柄いかがなものかと難色を示される。そこで亀蔵は、開催日時を一般には周知せず突然行うのはどうかと詰め寄る。意外性が却って人々の戦意を高めるのではないかと訴える。空襲と取り違えて混乱するのではないかと顔色を曇らせる向きもあったが、それは花火が一、二発上がればすぐに払拭でき、あとは歓喜に包まれると力説した。その亀蔵の意見がついに受け入れられた。

興業の日取りも決まったことで花火師は、急いで和歌山に帰った。新たな花火玉を作るためである。

「一世一代の興行にしたるで」

と言って輝く目を見せた花火師を思い返しながら亀蔵は呟いた。

「さてと。わしも迎撃機を完成させせんとあかんな」

迎撃機は九割方出来上がっている。あとは発射筒を台座に取りつけるだけだ。

「うまいこと作動してくれればええんやけどな」

亀蔵の顔には不敵な笑みが浮かんでいる。亀蔵がそういった表情をするときは成功を確信しているときだ。その迎撃機でこの花火玉をまともにぶっ放せば、本当に撃墜できるかもしれない。しかし、そんなことになれば、竜門村が米軍の大規模空襲を受けるかもしれない。自分個人の意地のために竜門村を焼け野原にできるか。それはできない。亀蔵の意識に変化が起こったのは花火師の仕事への誇りと、花火玉の威力を知ったことが原因だった。撃墜が目的ではなくなった。米軍の操縦士に大切なことを教える。それは戦時下の今は言葉では伝え難いものだ。撃墜しようと思えばできる。しかし、敢えてそれをしない。なぜか分かるか？　と言った問い掛けのような攻撃を仕掛ける。

あとは相手次第や。普通の思考の持ち主なら、その意図するところに気づくはずや。ただ、相手は日本の若者ではない。米軍の若者だ。日本人には言わずとも分かるということがある。それが米軍の若者にも通じるやろうか。そんな危惧もある亀蔵だが、言葉よりも大切な命のやり取りをする上は、気づかずにはおられまいという考えも一方にはある。要はわしの攻撃の仕方に掛かっている。ちゃんとやらんとな、と亀蔵は肝に銘じた。その通りだ。ちゃんとやらない場合は、亀蔵の命に関わってくる。亀蔵は命を落とすわけにはいかない。亀蔵が命を落とさず、米軍の若者にも大切なことを教える。これは国と国との戦いではない。人と人との存在意義の戦いだった。

亀蔵は作業場で花火玉を手に取った。花火玉の中にはきれいな花を描く火薬ではなく、小さな鉄片が詰められている。この花火玉が炸裂すれば、鉄片は四方八方に飛び散る。これを二十連発の発射筒で放てば、多少方向や角度がずれていようとグラマンに確実に当たる。当たる場所が悪ければ、最新鋭の戦闘機といえども火だるまになるだろう。

思えば竜門橋の開通式。グラマンが亀蔵を狙ったのはほんの遊びだったかもしれない。しかし、それが亀蔵の逆鱗に触れる。人の命を弄ぶんじゃあない！　日本人を本気にさせたら、どれほど恐ろしいか目に物見せたるわ。だが、今はこの花火玉を使う気はなくなっている。今日の亀蔵の話に共感してくれた花火師が、試し打ちの日までにどんな花火玉を作ってくるか。亀蔵の顔に穏やかな笑みが浮かんでいた。

「お父ちゃん、お手伝いさせてえー」

作業場に桃子が飛び込んできた。

「おお、桃子か。びっくりするやんか」

「お父ちゃん、どうしたん？　ぼーっとしてたで」

「ううん。いや何でもない。お風呂はできたか？」

「うん。もういつでも入れるで」

「そうか」

「お父ちゃん、それ花火なん？　それでグラマンやっつけるん？」

「うん。まあなあ」

「なんやあ、はっきりせんなあ。グラマン落とす自信ないん？」

「ハハハ。そう見えたか？」

「うん。お父ちゃんはいつも自信いっぱいやけど、今日は違うわ」

「お前には、かなわんなあ」

「ほれ、いつものお父ちゃんやったら、そんなこと言わんもん。あっ、分かった。花火上げるの心配なん？　一回上げてみたらわ？」

「試し打ちか」

「やれへんの？　やってみてよ」

「ううん」

「何や。せんのお？　そえとも、もうやるん決まってるん？」

「うっ」

「そうなんや。もう決まってるんや。いつなん？　いつするん？」

「ハハハハ。お前には隠し事できやんな」

亀蔵は絶対口外するなと念を押して、花火の試し打ちの計画を桃子に話した。桃子の目が爛々と輝き出す。その様子を見た亀蔵には、その後の桃子の行動が手に取るように分かる気がする。おそらく明日には、村中にこの話は広まっているだろう。好奇心の強さが満面の笑みとなって現れている。桃子のその顔が全てを物語っていた。

（まあそれは仕方がないか。それよりも花火玉の中身や）

いまの亀蔵には、グラマンを落とすことが目的ではなくなっている。試射の日はすぐそこに迫っている。米軍の戦闘機乗りに重大な警告を発し、二度と愚かなことをさせないための攻撃。そのような花火玉が必要だった。

（八）

試射は十八日、午後四時。場所は紀ノ川の河川敷、竜門橋周辺。もちろんそのような詳細の発表はない。しかし、人の口に戸は立てられない。誰言うとはなしに噂は広まっていった。試射当日、紀ノ川の河北も河南も、老若男女大勢の見物客でごった返す盛況となる。

「これはまた、えらい人だかりになってきましたな」

花火師は粛々と準備を続けながら、一息ごとに増えるかと思われる人波を見ながら言う。

「わしが初めに作った花火玉やったら、大勢の怪我人が出てしまうとこやったかな」

そう言って花火師は笑う。

「そやけど、作り直してもろた花火玉でもえらいことになりますよ」

「まあ、水で洗ったら落ちますよってに大丈夫ですわ」

「ハハハ。そうですな」

亀蔵と花火師は楽しそうに笑いながら準備を続けていく。新しい花火玉とは、どのような仕掛けなのか。それは打ち上げたときに分かる。花火玉の中に、米軍操縦士の度胆を抜いて、二度と馬鹿な遊び心を起こさせない何かが施されているに違いない。

「さて、これで準備は終わりです。時間はどうですかな」

「今で三時半ちょっと過ぎたとこですな」

「あとちょっとあるな。まあ休憩しましょうか」

「そうですな」

「それはそうと亀蔵さん。試射の時間をどうして四時にしなさった？」

「ハハハ、いやあ、それがですね。目の上のたんこぶうーっ、じゃなかった、目に入れても痛くない娘に頼み込まれましてな。まあ、今は夜にできませんしなあ」

「なるほど。まあそんなとこやろと思うてました。美人四姉妹って評判ですからな。あんたさんもこれから大変ですなあ」

「いやあ、お恥ずかしいことで。わしにそんな無理難題吹っ掛けるのは一番ちっこい四番目ですわ」

「あの子ですかな？」

花火師のその視線の向こうから土瓶を持った桃子がこちらにやってくるのが見える。桃子は近くまで来ると、花火師にぴょこんとお辞儀をして土瓶を川原に置いた。

「お父ちゃん、これ冷たいお茶や。お母ちゃんが持っていけって。はい、これ茶呑み」

「ああ、すまんな」

亀蔵は桃子から茶呑みを受け取る。桃子は花火師にも茶呑みを手渡し、お茶を注ぐ。

「桃子、まもなく始める。危ないからできるだけ離れとけ。でないとどうなってもしらんど。真っ赤な桃になってしまうど」

「はあーい。分かりました」

花火師が側にいるからだろう、桃子はいつになく素直に亀蔵の言うことを聞く。桃子が離れていったのを確かめたあと、花火師が亀蔵に言った。

「ほな亀蔵さん。ぼちぼち行きましょか」

「分かりました。お願いします」

二人は立ち上がった。


試射は亀蔵の意に反して大盛況。いくら勇ましいスローガンを掲げてはいても、夜間の灯火管制、軍事訓練、兵役応召、戦死広報など、村民の忍耐は限界だ。そんな折の花火である。色とりどりに大空に描かれた大輪の花々は、日頃の鬱屈したものを一気に吹き飛ばした。

亀蔵は桃子に口止めしたが、そんなことは無理やということは、亀蔵自身がよく分かっていた。桃子のことやから花子や梅子には言うやろう。花子は口が固いが、梅子は分からない。梅子が家人にしゃべれば、あとは一気に広まっていくことは目に見えている。まあええやろう。亀蔵はそう思いながら試射当日を迎えていた。

問題の花火玉の中身は亀蔵の申し出により、初めの計画とはかなり違ったものに仕上がっていた。見物人にも危険なものではなくなっている。見物人からすれば、その本命の花火は、失敗作ぐらいにしか思わないのではないか。垂直に打ち上げられた花火に混じって、ほぼ水平に打たれた二十連発の花火。百メートルほどの煙の尾を引いて飛んだかと思うと、一斉に弾けてそれらは真っ赤な球体を作った。その球体は直径五十メートルにはなった。それならその球体の中にグラマンは必ず取り籠める。くもの巣に掛かるチョウのようなものだ。真っ赤な幕がグラマンの操縦窓にべったりと張りつくだろう。薄い幕であるから先が見えないということはない。機体の操縦には支障はない。しかし、目の前は真っ赤になり、まるで夕陽の中に飛び込んだかのような錯覚に陥るはずだ。

それが操縦士に何を暗示させるか。ペイント弾だということはすぐに理解できるはずだ。ペイント弾なら当たったとしても命に別状はない。真剣ではなく竹刀で打たれるようなもの。しかし、実戦の中を生きてきた操縦士なら、仮に竹刀であるとしても一本取られることの重大さは理解できるはずだ。真剣であるなら命はない。つまりペイント弾ではなく実弾であるなら命はない。それをあえてペイント弾にしたのはなぜか。いつでも殺せるが殺さなかった。それはなぜか。操縦士は嫌でもそれを考えるだろう。考えれば、答えは自ずと導かれるはずだ。

花火玉の中身を変える提案をした亀蔵の申し出を花火師は快く受け入れた。人の命を軽々しく扱ってはいけない。わしらも同じことをしでかしてしまうところだった。戦争は私闘ではない。しかし、わしらがしようとしていたことは私闘だった。

花火師は、大きく広がる真っ赤な球体を見ながら亀蔵に笑顔を見せる。亀蔵も花火師に笑顔を返す。紀ノ川の川原に村人たちの歓声が響き渡っていた。


昭和二十年七月二十一日。雷雨とともにかなりの強風をもたらした熱帯低気圧が和歌山に上陸。線路の床が三十メートルに亘って崩壊。紀ノ川も大増水となる。しかし、竜門橋の損傷は軽微だ。流木が欄干の一部を破損させた以外、板も橋柱も、もちろん基礎も無事だ。亀蔵が心血注いだ竜門橋の真価が発揮された。

翌日から、亀蔵は竜門橋の補修に掛かる。欄干の補修程度ならたいした日数も掛からないが、亀蔵には他にも作業がある。橋の中程に自由に回転させることができる台座を置く。その上は頑丈な壁で囲われているけれども、四方に一か所ずつ縦長の何もない空間が開いている。台座には、さらに少し小さめの回転盤を置いた台を設ける。そうすると、台座をわずかに回転させるのに併せ、その上の回転盤を回せば、東西南北瞬時に目標を捕捉できる。

「亀蔵さん。こりゃいったい何ですか?」

橋を渡る人ごとに亀蔵に尋ねていく。

「まあ、あることに使うんやけど。それが終わった後は、皆さんの憩いの場にしてもらったらええですよ。ここで一杯なんてのもええでしょう」

「そやけど亀蔵さん。壁で囲われてるさかえに見晴らしはいまいちですな」

「まあ、まだまだ戦争中ですからな」

「なるほど。そういうことですか。そやけど、戦争中の今はまだ、のんきに一杯なんてやっておられませんけどなあ」

「大丈夫。日本が勝ったら、ここで戦勝祝いに、また花火でも見ながら呑めますよ」

「そうですなあ。そうなったらええですなあ」

戦争のくわしい経過は知らされてはいないが、どうやら日本の旗色は悪そうだということは、口にこそ出さずとも、誰もがうすうす感じつつある。悠久の時の流れとともに、太古の昔から続く紀ノ川の流れが目に入る。どういうことになったとしても、わしらは、わしらしく生きていくだけや。そう思いながら作業を続けている亀蔵の耳にサイレンが聞こえた。

「来たか！」

そう一言つぶやいた亀蔵は、作業を中止して家に急いだ。

時刻は午前十時。今から大阪を爆撃するとなると、帰路は午後一時か二時。米軍の爆撃機の大編隊は陽光に機体を輝かせながら、その一機一機がまるで巨大な竜の鱗のように見える。小さ過ぎて目視は困難だったが、上空遙か戦闘機もいるはずだ。急がなければならない。

まず、花火師に連絡を入れる。早めの昼を食べて、発射筒を運ぶ。敵が舞い戻ってくるまでに花火師が到着すればいいが、急なことだから来られなくてもそれは仕方ない。もしものときは一人で戦うまでや。それだけのことを思い巡らせながら、亀蔵は川沿いの堤防を家に急いだ。

亀蔵は相手の出方について思案を巡らせていた。これまでは急降下での銃撃を相手は敢行してきた。しかし、それでは上昇に移ったときに機体の腹を晒してしまうことになり、そこを亀蔵に狙われる結果となる。相手もそこは警戒してくるはずだ。今回はどういった攻撃をしてくるか。

まさか、爆弾を落としてくるとは思えやんが、もしそんなことになれば、そのときはそのときや。取りあえずこちらとしては、あくまでも銃撃による攻撃を想定した対処を考えることにしよう。発射筒は回転板の上に設置する。相手がどの方向、どの角度で突っ込んでこようとも十分対応できる。あとは発射のタイミングだけや。それさえ間違えへんかったら、この作戦は必ず成功するはずや。

全ての段取りを終えた亀蔵は、再び竜門橋へと急いだ。

花火師が竜門橋に現れたのは、午後二時を回った頃だ。橋の北端に大きな荷物を背負う花火師が、三人の若手にも荷物を持たせてやってくる。橋の中央に設えた防弾壁の座席から腰を上げた亀蔵に、陽に焼けた笑顔で花火師が声を掛ける。

「遅くなりました。お客さんはまだ来ていませんかな？」

「まだです。急いで来てくれて有り難うございます」

花火師は連れの者を指図して、荷物を開かせ準備に掛からせる。

「それは、新しい花火玉ですか？」

「いや、新しいというか、まあ中身はこないだのと同じですが、ちょっとした趣向を凝らしたものですわ」

花火師は、悪戯っぽく笑いながら花火玉のいくつかを手に取って亀蔵に見せる。

「どういう仕掛けになってるんですか？」

「フフフ、それは打ち上げのときのお楽しみですわ」

花火師は花火玉を若手に手渡し、準備をするように指図する。どうやら若者たちは花火師の弟子のようだ。

「それより亀蔵さん。大事な話があります。グラマンの攻撃についてですが」

そう言って花火師は竜門山を仰ぎ見る。花火師につられて亀蔵も頭を上げる。

「グラマンはこれまで二回、あの山から急降下してきたんですよなあ」

「そうです。一直線にこの橋に向かってきました」

「そこなんです。はたして今回もグラマンはそう来るかどうか。花火師は、花火を上げるときに観客の意表を突くような演出を心掛けます。これは、わしの花火師としての勘みたいなもんですが、グラマンも、今回はこっちの意表を突いてくるんやないかと思うんです」

「つまり、山から来ると見せかけて、別の方から襲ってくると」

「わしならそうします。仲間と語らって二、三機でやります。一機は山の上から。そっちに気を取られている隙に別の一機は背後から。そして狼狽《うろた》えているところへあと一機が側面から。花火もそれと同じです。続けて打ち上げたあと、間を置いて予期せぬ所に第二幕を打つ。そして観客の意識がそちらに向いた隙を狙って、また別の方に最終幕の大打ちをする。戦闘機の攻撃も、一方向からばかりだと対処しやすい。ときには意外な方から攻めれば相手は混乱してしまう。そこに、最後のとどめ。わしなら、そんな攻撃をしますなあ」

「なるほど。前後左右、全てに注意を巡らさんとあかんということですか。全方位は大丈夫ですが、しかし、花火玉が足りるかどうか」

「フフフ、だから今日はたんまりと持ってきましたわ」

花火師は、急いで準備をしている弟子たちを振り返って笑う。三人の弟子たちは、それぞれ北、東、西の方向に向かって花火の筒を設置している。それを見た亀蔵は驚いて花火師に言う。

「あれは、あの人たちが撃つということですか。でもあれじゃあ、あの人たちも撃たれてしまうことになる。何の防御壁もない。そんなことさせるわけにはいきません。止めさせてください」

亀蔵は必死になって花火師に訴える。

「まあ亀蔵さん、落ち着いてください。わしらは花火師ですよ。花火師は迎撃機のすぐ近くにいるわけではありません。わしらは橋の下の安全な所にいさせてもらいます。そしてここぞと言うときに花火玉を撃つ。花火師は火薬を使った命懸けの仕事をしてますが、グラマンのために命を落とすことは本望やない。花火師は観客のために命を懸けるもんです」

花火師は亀蔵を伴って橋の下に下りた。橋の下の基礎と土台は亀蔵がコンクリートをふんだんに使って造り上げた砲台のような構造になっている。その頑丈さは今回の増水でもびくともしなかったことで証明されている。

「ここなら爆弾を落とされても大丈夫でしょう。ここから橋の上の花火の仕掛けに点火します。棒の先に火種を付ければ簡単に点火できますよ。そこらは、わしら専門家ですから間違いはありません」

餅は餅屋と言うが、花火師の作戦は完璧に思えた。花火師たちが北、東、西方向を受け持ってくれるとすれば、亀蔵は南の竜門山に専念できる。これでグラマンが三、四機襲ってくるとしても、十分対処できることになる。

午後三時を回る。西の空に陽に照らされながら近づく小さな一つの機影が認められた。梅雨が明けて十日になるだろうか、空は午後になっても快晴、雲一つない。機影が大きくなってくるにつれ、その不気味なエンジン音も辺りに轟き始める。

亀蔵と花火師は橋上で機影を見つめている。花火師が弟子の方を向き、軽く指を橋下に向ける。弟子たちは橋の下に下りていく。

「一機ですか。敵さんどう出ますかな」

「あの飛航路なら、いつも通りの急降下をしてくると思います」

「それなら、亀蔵さんだけで勝負は決まりそうですな。ただ、用心しておかないと。敵さんも今回は、慎重になってるはずですから」

前回グラマンは亀蔵の攻撃によって増槽を撃ち抜かれている。慎重になるのは当然だ。エンジン音が高くなる。グラマンが上昇に移った。紀ノ川に沿って東進してきた飛航路を離れ、竜門山の頂を目指して高度を上げ始める。亀蔵と花火師は橋上に立ってそれを見上げている。グラマンが竜門山の頂に達し、機首を北に向けた。それを確認した亀蔵は迎撃機を握る。

「六時の方向。仰角六十度」

亀蔵は自分に声を掛け、迎撃機をグラマンに向ける。グラマンが機首を下げる。亀蔵の腕に力が入る。グラマンが急降下を始め、それを狙う亀蔵と睨み合う。花火師がまさに点火するその瞬間、グラマンが再び機首を上げた。

「んっ？」

肩透かしを喰わされた亀蔵と花火師が戸惑う間もなく、グラマンは高度を上げながら二人の上空を北に飛び過ぎていく。そのまま北側の和泉山脈付近まで飛び去ったかと思うと、大きく西に弧を描き、紀ノ川の方に戻ってくるような飛航路に移っていく。

「どうやら、用心してこちらの様子を見ているようですな」

「こちらの手の内を確認した後に、勝負を仕掛けてくるということですかな」

「そうやろうな」

「今ので、少し手の内は読まれてしまいましたか」

「いやあ、大丈夫。相手はおそらくこちらが本物の銃弾を用意していると思たんやろが、そうやって警戒してくれた方が、こちらとしては好都合や」

「そうやな。その方がこちらの真の狙いが達成できるからな」

銃撃だと思ったが、実はペイント弾だと知ったグラマンの操縦士は、その意味するところを深く考えるだろうと二人は期待している。

グラマンは紀ノ川の上空に達するところで高度を一気に下げた。そのまま機首を東に向け、紀ノ川を遡るように低空で竜門橋に向かって迫ってくる。亀蔵は迎撃機を西に向けた。

「九時の方向。仰角ゼロ」

しかし、お互いの射程距離に入る前に、再びグラマンは急上昇に移り、竜門橋上空を東に飛び去っていく。それを見送った花火師が亀蔵に言う。

「亀蔵さん。次は来ますよ。おそらく竜門山からでしょう」

「どうしてそう思いますか？」

「三度目の正直って言うやないですか。それに太陽の位置です」

花火師と亀蔵はそろって太陽を振り仰ぐ。夏の午後三時、太陽は竜門山の頂から少し西にある。

「なるほど。太陽を背にして突っ込んでくるということか。だから今までも竜門山から攻めてきたんやな」

「そうや。とすると、迎撃機の向きも角度も決まったな」

「分かった。敵さんより先に照準を合わせて待っててやるか」

亀蔵は迎撃機を回転させる。

「七時の方向。仰角七十度」

「あとは発射のタイミングだけや」

「それは、わしがよく分かっている。なんせこれが三度目やから」

「こちらも三度目の正直か」

二人は声を揃えて笑い合う。

「師匠。わしらの出番はまだですか？」

橋の下から花火師の弟子たちが声を掛けてくる。

花火師は橋の下を見てから、飛び去っていくグラマンに目を向け直して言う。

「そうやなあ。お前らの出番はないかもしれんなあ」

「そんなあー。せっかくこんだけの用意してきたってのにー」

「まあ、取りあえず準備だけは怠らずやっておけ。そのときが来たら、わしが大声で合図する」

花火師たちのやり取りを横目に見ながら、亀蔵はグラマンの動きを追っている。グラマンは背の山の上空、小さな鳥のようになっている。その鳥は緩やかに南に旋回し始める。それを見た花火師は亀蔵を見る。

「やっぱりやな。亀蔵さん、いよいよ勝負のときや」

「そうやな。なんか、武者震いしてきたわ」

「ハハハハハ。三度目にもなる亀蔵さんが何を言うてるんや？　それを言うならわしの方や。なんせわしは、これが初めての米軍機迎撃、初陣やからな」


南に機首を向けたグラマンはエンジン音を上げ竜門山に続く山稜を駆け上がり始める。飯盛山を越えた辺りから機首をさらに上に向け、高度を上げていく。竜門山の頂の平らな所を過ぎたグラマンは、エンジン音を落とし旋回。太陽の中に吸い込まれた。

次の瞬間――。

太陽の中で機首をこちらに向けた。グラマンは竜門橋の亀蔵たちに向かって、真一文字に急降下を開始する。

「来たぞ、亀蔵さん。今度はぶっ放してくる。抜かるな！」

「分かってる。任せておけー！」

花火師は橋下にも叫ぶ。

「お前らあー。身を隠せー！」

橋下からは、「うおーい」という唸り声のような叫びが伝わってくる。太陽を背にして突っ込んでくるという花火師の予測が的中し、亀蔵は迎撃機の方向や仰角を一切修正する必要がない。あとは発射のタイミングだけだ。それはお手のものだ。今回で三度目の迎撃となる。ただし、今回の花火玉は射程距離が前回の石弾の二倍以上はある。花火玉が炸裂する前にグラマンがその射程内に入ってしまえば、肝心のペイントがグラマンに付着しない。前回よりも二呼吸ほど早く発射しなければならない。

花火の直径は五十メートル。射程は百メートル。グラマンとの距離が二百メートル以上の地点で発射すれば、グラマンは直径五十メートルの真っ赤な球体の中に突っ込んでいくことになり、その機体が真っ赤に彩られることになる。

亀蔵は目視でグラマンとの距離を測る。竜門山の頂で七百メートル――。

「六百――。五百――。四百――」

「亀蔵さん。いよいよやー」

「よし。いくでー」

亀蔵は花火玉に点火する。

「発射あー！」

花火玉は、花火師によって改良が加えられていた。普段使われる仕掛け花火は導火線によって仕掛け火が導かれる。しかし、それでは撃ち遅れてしまう。花火師は導火線を廃して点火と同時に発射される仕掛けを開発していた。しかも推進力も通常の二倍の威力に改良。発射された花火玉は凄まじい勢いでグラマン目がけて、それはまるで本物の高射砲のように撃ち上がる。二十発の一斉砲撃。

ブワアーン。ブワアーン。

グラマンと三百メートルの地点で発射された花火玉は、グラマンと百メートルの地点で炸裂。グラマンの銃口が火を噴く。

ズダダダダダダアー。

機銃発射と同時に炸裂した花火玉。それが作る巨大な二十個の真っ赤な球体が、覆い重なるように何重にもグラマンを包み込んでいく。

ガガガガガガガー。

グラマンの発射した機銃弾が竜門橋に着弾。亀蔵と花火師は防弾壁の中に入っている。

グワーン。ガワーン。

防弾壁に打ちつける銃弾が、凄まじい衝撃音と振動音を響かせる。

「亀蔵さん、大丈夫か」

「ああ、なんとか助かったかな。この板がもうちょっと薄かったら、やられてたな」

そのとき二人の頭上をグラマンが飛び去っていく。グラマンはまるで火の鳥のように真っ赤に彩られている。真っ赤に色塗られた鳥は、血のようにペンキを滴らしながら、夏の太陽に艶々と輝く。遠ざかってゆく真っ赤な機体を見上げながら、花火師が言う。

「ありゃもう戻ってこんな。恥を知るなら来んやろう」

「そうやな。あれが本物の爆弾ならもうとっくに死んでるからな」

「我々日本人なら、恥ずかしくて基地にも母艦にも帰れやん。敵さんかって、あの真っ赤な色の意味くらい分かるやろう」

「ほんまに血のように赤いなあ」

グラマンは和泉山脈の上で西に機首を変え、そのまま和歌山に向かって飛び去っていく。おそらく、竜門山上空を避け、味方艦隊に戻るのだろう。あの真っ赤な機体で臆面もなく戻れるものだろうか。しかし、戻る以外にない。ペイントの赤色は、洗い流せば落とすことはできる。だが、操縦士の受けた恥辱はおいそれとは消えるまい。操縦士がこの先、どのような行動に出るか。亀蔵の期待通りの行動を取るかどうか。亀蔵や桃子たちは、あのグラマンに遊びで命を狙われた。亀蔵は何度か命のやり取りをした。亀蔵は撃墜しようと企図した。しかし、亀蔵はその作戦を変える。そして今、敵操縦士に戦闘機乗りとして撃墜されるよりも惨めな恥辱を与え得た。これで十分やと亀蔵は思う。あとは敵操縦士がどうするか。そこまではもう亀蔵の与《あずか》り知らぬことだ。もし、もう一度来たならどうする？　しかし、それはもうあるまい。亀蔵はそんな気がしていた。

## （九）

八月になった。今が桃の最終期の鶴子と星子と月子は、毎日朝早くから畑に出ている。

そんな三人を見ながら亀蔵は考えていた。星子と月子、どちらがこの家を継いでくれるやろうか。亀蔵としてはどちらでも良い。鶴子を助けて一緒に桃畑をしてくれるなら。星子は二十一歳。月子は十八歳。二人ともそろそろ年頃や。戦争が終われば、二人に話してみるかと亀蔵は思った。

戦争が終われば……か。どんな形で終わるやろうか。それは日本にとっていい終わり方やないやろう。いくら勇ましい声で大本営が戦況広報を続けたところで、国民の耳目はごまかし通せない。これだけ連日、日本各地が空襲を受けてるんや。こんな田舎の竜門村にまで蝿のようにうるさいグラマンがちょっかいを出しに来てる。日本の旗色は極めて悪いと誰しもが思うてる。もし日本が負ければ、暮らしはどうなる。わしらはともかく、女子供はどうなる。娘らの結婚ら夢のまた夢となるかもしれん。

そんなことを漠然と思っていた矢先のことだ。衝撃的な情報が弟子によって届けられる。

「町が消滅?」

「そうです。一発の爆弾で」

「たった一発でか?」

「そうです。ピカッと光った瞬間に全てが消えたと聞きました」

「ピカッと光った瞬間にか？」

「そうです。ピカッと光ってドーンと全て吹き飛んだそうです」

「ピカッ、ドーンか？」

「そうです。ピカドンです」

それが、原子爆弾という新兵器であるということは、そののちしばらくして分かった。原子爆弾は、八月六日広島に落とされた。九日には長崎にも。国家の中枢部は大きく揺さぶられる。そしてそれは、竜門村でも同じだった。亀蔵の弟子たちの意見は二分される。

「これはもう無理や。そんな爆弾落とされたら、もう終わりや」

「何言うてるんや。これからやないか。徹底抗戦あるのみや」

「あかんて。もう日本に武器ないやないか」

「竹槍でもノコギリでもノミでも、何でも持って戦うんや」

「そんなんでどなえやって戦うんや。ピカッて光ったら終わりやで」

「一億玉砕の覚悟で戦うのみや」

「そんなことほんまにできることないやないか。そうですよね、棟梁」

意見を求められても亀蔵にも即答はできない。

「棟梁は戦うに決まってるやないか。グラマンを撃退したんやさかえ」

「そやけどあれはたった一機の戦闘機や。今度の相手はピカドンやで。どなえやって戦うんや。光ったら終わりなんやで」

「そえでも戦うんや。棟梁のことやさかえ、また何かすごいこと考えるはずや」

原子爆弾は地上六百メートルの高さで炸裂する。花火玉の飛距離はせいぜい百メートル。六百メートルの高さに対処することなど、どだい無理な話だ。そもそも原子爆弾に花火玉では蟷螂の斧にもならない。敵爆撃機に対処するのは陸軍航空隊の任務だが、それができていないということは、すでに航空隊が機能していないということを意味する。敵爆撃機の迎撃に航空隊は向かっているのか。それとも、もはや迎撃の航空隊は存在していないのか。本土防空の航空隊ですらそうであるなら、前線の航空隊は推して知るべし。

戦略の基本は、敵爆撃機の発進基地を叩くことだが、その基地を叩けていないとすれば、それは前線の海軍も陸軍も、もはや壊滅しているということになる。前線の部隊が壊滅し、本土の防空もできないとなると、あとは敵の上陸を待つのみ。

本土での地上決戦が現実のものになろうとしている。沖縄の地上戦の噂は伝わっている。それがこの本土でも展開されることになる。

逃げ場はない。勝ち目もない。とすれば、残された道は……。

死――。

それ以外にない。わしらはいいが、星子や月子や花子や桃子たちは助けてやりたい。しかし、降伏という選択がない以上、一億玉砕、亀蔵一家も全滅という最悪の事態はまぬかれない。

竜門山は今日も夏空に映えている。紀ノ川は今日も悠然と流れている。

「国破れて山河在り。城春にして草木深し」

千二百年前に杜甫が詠んだ情感が、今ほど胸に迫ったことはない。国は負けても自然は残ると詠まれた時代とは違う。ピカドンを落とされれば、山河は姿を一変させ、草木は一本も残らない。花も鳥も全てが消えてしまう。

大陸では砲火はすでに十五年も続いている。戦地からの便りも来なくなった。武器も弾薬も食糧も尽き果て、それでも戦う兵隊たちの姿は、本土を守る自分たちの明日の姿だ。

敵爆撃機の大編隊が、竜門村の上を北へ向かったのは、八月十四日だった。護衛の戦闘機の小さい機影も目に入る。悠々と低空を飛ぶ大編隊を見やりながら亀蔵は思う。

（もう護衛の必要もないやろうに）

本土防空の戦闘機は、もはやほとんど残っていない。高射砲陣地は稼働すらしていない。制空権は今や完全に米軍の手にある。今からだと、帰りは午後三時頃か。

（さて、どうするか）

亀蔵は思案した。和歌山の花火師に連絡をするか。連絡すれば、花火師は迎撃用の花火玉を携えてすぐさま駆けつけるだろう。もしかすると、前回以上のユニークな花火玉を作っているかもしれない。

亀蔵は一人竜門橋に歩いていった。梅雨が明けたあと、まとまった雨がないので紀ノ川の水は少ない。竜門橋の上に立ち、辺りを見回してみる。二週間前の戦いの痕が生々しい。銃撃を受けた橋板。銃撃によって焦げた穴が黒ずんだ状態でくっきりと残っている。球体となって弾けた花火玉が、橋を真っ赤に染め上げている。雨のない今はしばらくそのままの状態だろう。桃の季節はそろそろ終わる。そうなれば、補修ができる。

亀蔵は操縦士のことを思い描いた。真っ赤な機体で基地に降り立った後、上官へどんな報告をしたか。報告を受けた上官はそれにどう応じたか。普通の思考をすれば、操縦士は搭乗禁止。こちらが本気で対峙していれば、つまり殺傷力のある実弾で対峙していれば、操縦士の命はなかった。

（ペイント弾にした理由が分かるなら、二度と馬鹿な真似はできやんはずや）

今日飛んでいく戦闘機の中に、あの操縦士の機体があるかどうかは分からない。もしあれば、それはまた来るかもしれない。

（来ればどうする？　もう一度戦うか？）

花火師に連絡すれば戦うことはできる。準備の時間はまだ十分ある。

（しかし、――もう、止めよう）

亀蔵は花火師に連絡することも、戦うことも、もう止めようと思った。

来るなら来ればいい。相手の出方を見てやろう。撃たれて死ぬわけにはいかんが、相手がどう出るか、それを見届けてやろうと、亀蔵はそう静かに思った。

午後三時少し前。何度も聞いた戦闘機のエンジン音が紀ノ川の川原に響いた。警報は鳴らない。敵戦闘機はやはり太陽を背にするようにして竜門山に接近してくる。敵が撃ってきたら防弾壁に身を入れればいい。亀蔵は前回使った迎撃機の傍に立っている。全くの無防備な形で橋の上に立っている。何度かの戦いで戦闘機の銃撃のタイミングは心得ている。

銃口が火を噴き、一瞬の間を空け着弾する。火を見た瞬間に防弾壁に身を隠せば撃たれることはない。

グラマンはぐんぐん接近してくる。機体が竜門山の頂に達したとき、いつものように機首を北に向けたのが見えた。

（来る気か？）

グラマンが急降下に移る。ぐんぐん高度を下げ、亀蔵はグラマンの射程圏に入る。亀蔵の目は銃口に注がれている。静かにグラマンを見上げて立つ亀蔵。エンジン音を轟かせ高度を下げるグラマン。

（撃つ気か！）

一段とエンジン音が上がったと思われたその瞬間、グラマンはUの字を描くように急上昇に移った。亀蔵の頭上に機体の腹を大きくさらしながら、竜門橋の上を飛び過ぎていく。その機体を振り仰いで見送った亀蔵の目に、ゆらゆらと舞い落ちてくる何かが確認できた。

（落下傘？　そういえば、ピカドンも落下傘を付けた爆弾やったそうやな。まさかな？）

そう思っている間にも落下傘はゆらゆらと風に揺られながら亀蔵のもとに落下してくる。どうやら爆弾ではなさそうだ。舞い落ちてきた落下傘を亀蔵は掴み取る。落下傘には空っぽの金属の筒が付けられている。掴み取ってからもなお警戒は解かなかったが、それは焼夷弾ではなく、もちろん時限爆弾でもない。その筒の中に、何やら紙のようなものがしまい込まれている。亀蔵は紙切れを取り出した。紙切れには英語の文が書かれている。わしには読めんから、花子に読んでもらうとするか。そう思いながら亀蔵は、グラマンの飛び去った方に目を向けると、ちょうど旋回に移ったグラマンの機影が目に入った。

大きく弧を描きながら旋回を終えたグラマンは、再び竜門橋に近づいてくる。しかし、その飛び方はこれまでに見たこともないような不思議なものだった。小刻みな上昇と下降とを繰り返したかと思うと、次には機体をくるくると回転させる。さらには前転させたり後転させたり。まるでそれは、餌をもらった猿が体全体で喜びを表現しているかのよう。その後、グラマンは何度か竜門橋の上を旋回し、翼をブルブル振るわせたかと思うと、竜門山の向こうに消えていった。

亀蔵は全てを了解した。操縦士が落としていった紙切れの英文は読めずとも、全てを了解した思いがした。

「ちょっと難しい構文とか単語あるから正確やないかもしれやんし、分からんとこは、あたしが勝手に作文してるんやけど」

そう言いながら居間に入ってきた花子が、和訳を書いた紙を亀蔵に渡す。晩ご飯はやはり皆一緒に食卓に着く。花子が来るのを全員が待っていた。亀蔵は、米軍戦闘機の操縦士が落としていったメッセージの和訳を花子に頼んであったのだ。

「お前の作文力は確かや。お前にできやんだら、誰にもできやん」

そう言いながら、亀蔵は星子や月子を見る。

「こっち見てそんなこと言わんといて」

「そうやで。あたしらもう現役ちゃうんやで」

星子と月子がふくれっ面でそう言う。

「すまんすまん。まあそう怒るな」

そう言いながら亀蔵は和訳を読んでいる。黙って紙に目を落としている亀蔵が、小さくふっと笑う。

「お父ちゃん、何書いてあるん？」

桃子が興味津々な顔で亀蔵に聞く。

「ああ、ええこと書いてある」

「何何？　読んで読んで」

「んん、うん。そうやな。読んだるか。その前にお茶一杯飲むわ」

みんな食べることも忘れて、亀蔵が読み始めるのを待つ。

「よし。ほな読むぞ」

亀蔵が静かに訳文を読み始める。


「私はアメリカ海軍艦上戦闘攻撃隊所属の中尉です。あなたの名前は存じませんが、おそらく名のある紳士ではないかと思います。あなたは、一度ならず二度三度と、私が仕出かした愚かな行いを軽くいなしたのみならず、正しい道を示してくださった。

先日、私の乗機は血のように真っ赤にされました。私は、すぐさまその場で仕返しをと思いましたが、燃料のことを考えると、あれ以上無駄に時間を費やすことはできませんでした。

仕方なく母艦に帰ったのですが、皆の笑い者になってしまい、頭にきた私は、次の日にも飛び立とうと思ったのですが、こんなことで飛行許可は下りませんでした。

隊長に事情を聞かれた私は全てを話しました。

隊長は言いました。

『お前は命を助けられた。なぜ助けられたか、頭を冷やしてよく考えろ』

私が命を助けられた？　私には、その意味が分かりませんでした。むしゃくしゃした私は、そこら中に当たり散らしました。整備兵たちは、そんな私の戦闘機の真っ赤なペイントをきれいに洗い落としてくれていました。

整備兵の一人が私に言いました。

『これがペイント弾じゃなかったら、機体は木っ端微塵でした』

それを聞いたとき、私はハッとしました。私が今生きているのは、ペイント弾だったからだ。これが実弾だったら、私は死んでいた。なぜ実弾にしなかったのか。私は考えました。何日も考えました。そして分かったのです。あなたの気持ちが分かったのです。

あなたはおそらく私を殺したいと思ったでしょう。でもあなたはそうしなかった。それはなぜか。それはおそらく、あなたは私に何かを教えようと思ったからではないですか？　そうだとすれば、それは何か。

『遊びで人を殺すな』——答えは、それしかありません。

アメリカと日本は戦争をしています。戦争は残酷です。何百万人もの人が命を落としています。私もアメリカのために命をなくすかもしれません。それが戦争の現実です。しかし、私がしたことは、戦争行為ではありませんでした。ただの殺人行為です。結果的には未遂で終えられましたが、これは戦争とは呼べない悪行であると気づいたのです。それを教えてくださったのがあなたでした。それがなかったら、私は取り返しのつかない悪行に手を染めていたでしょう。いや、未遂とは言え、悪行を働いた事実は消えません。あなたのお蔭で未遂に終えられたことを有り難く思います。

本来なら、あなたに会って謝罪をしなくてはいけないのですが、今はまだ戦争中でそれはできません。だから、このメッセージを届けます。戦争が終わって米日に平和が訪れる日がくれば、改めてお会いし謝罪します。その日まで、あなたに幸あれ」

亀蔵が読み終えたあと、口を開く者は誰もいなかった。しばらくしてぽつりと鶴子が言った。

「日本とアメリカは、なんで戦争することになったんやろうね」

「ほんまや。鬼畜米英って言うてたけど、こんなええ人もいてるんや」

星子がしみじみと言う。

「そうやな。お父さんこの人の顔見た？」

月子が亀蔵に聞く。

「いやあ、戦闘機の腹しか見てないなあ」

「もう、ちゃんと見といてよ。絶対男前やで」

「なんやお前。男前やったらアメリカ人でもええっちゅうことか」

「フフフフン。そうやなあ」

そんなやり取りに入ることもなく、花子は黙々とすでに箸を動かしている。一人取り残されたような桃子は怒った顔をして、

「あたしは許さんからな。のこのこやってきたらえらい目にあわせちゃる。あたしや梅ちゃんは殺されかけたんやで。ふん」

「そうやったな。お前らがほんまに殺されてたらお父ちゃんかて、本気になってたやろな。そやけど、この人が言うてるみたいに戦争が終わったらもう敵やないからな。そのときは歓迎したろか」

「でも、戦争終わるなんてことあんの？」

桃子が聞く。

「日本は勝つんですか?」

鶴子も聞く。

「どうやろな。やられまくってるさかえな」

亀蔵が言う。

「最後は勝つってみんな言うてるで」

星子が言う。

「でもいつになったら勝つんやろ?」

月子が言う。花子以外、まだ誰も箸を持っていない。

「早よ食べたらわあ。日本はもうすぐ負けるよ。この人の文読んで分からん? 負けた国の人が、わざわざ敵やった人に会いに来る?」

箸を動かしながら花子が言う。皆、ハッとして花子を見る。

「花子お姉ちゃん鋭いな。で、戦争はいつ終わるん?」

「それを聞く? そんでまた言わせる?」

「どういうこと?」

「一億玉砕――、戦争終わったときは、あたしら誰も生きてないんよ」

「うーん」

灯火管制で部屋が暗いせいだけではなく、花子の言葉で皆の表情が一気に暗くなってしまう。

「ほら、皆どうしたん？　はよ食べよっ」

鶴子のひと声で、やっとみんな箸を手にした。

次の日——、昭和二十年八月十五日正午。

玉音放送が流れる。

戦争は終わった。

昭和三十年、竜門橋は鉄筋コンクリート製に建て替えられる。

その数年後、竜門橋を渡る米国の若者の姿があった。

## 参考文献

『小説太平洋戦争(5)』山岡荘八　一九八七年　講談社
『小説太平洋戦争(6)』山岡荘八　一九八七年　講談社

**著者プロフィール**

**水無瀬 了**（みなせ りょう）

1962（昭和37）年生まれ
和歌山県紀の川市在住

◆本作は史実に基づいていますが、事実とは異なる部分もあります。

**背の山** 日本の防衛―叔父と甥の絆

2023年10月15日　初版第１刷発行

著　者　水無瀬 了
発行者　瓜谷 綱延
発行所　株式会社文芸社
〒160-0022　東京都新宿区新宿１－10－１
電話　03-5369-3060（代表）
03-5369-2299（販売）

印刷所　株式会社フクイン


ISBN978-4-286-24536-2